REZ

REZ

Emil Petrov

Globland Books

Bacam praznu flašu u pesak, među ostale. Otvaram drugu, od gajbe. Sedimo znojavi na panjevima dok se dosadno nedeljno popodne vuče. Miriše na nedeljni ručak. Iz susedne kuće čuje se zveckanje tanjira. Dovikivanje dece sa ulice, lavež nervoznih pasa. Narodna muzika sa radija, neki domaći hitić. Pušimo, smoreni.

Prebacujemo pesak sa velike gomile na manju, bliže ogradi, bliže majstorima. Razvlačimo. Posle mnogo kolica, gubi smisao ovaj rad, kao da nema nikakvog pomaka. Štipa znoj, muve smetaju. Sivi oblaci, sluti na kišu. A ni pivo me ne opušta. Ne olakšava sutrašnje iščekivanje, današnju muku. Natežem, sipam u grlo mlako pivo.

— Jebeš ga, šta da ti kažem — odgovara mi Bokser na pređašnje pitanje. Prazni flašu, pa je nehajno baca na vrh gomile peska. Skotrlja se lagano.

— Nisu tu čista posla, vidi se... neko to muti — vrti glavom Bokser.

— Imam loš osećaj kao da neko vuče poteze iz debele senke, neko me opasno jebe — mrštim se.

— A kol'ko je opasno za tebe? — pita me ono što i mene muči. Sležem ramenima.

— Nije, ne bi trebalo, ali je l' zajebano, ne znam. Ne znam šta će ovaj da izjavi. Onaj Ljiga — objašnjavam na koga mislim. — Nešto mi beži ovih dana. Te nema vremena, pa se ne javlja na telefon, te sve će biti okej, ma ovo-ono, a on zna ko mi je to naredio. Treba pičkica samo da potvrdi.

— Ko? Onaj bledunjavko, onaj Karfiol? — pita me Bokser.

— Da, taj Karfiol.

— E, onda si pukao. Pukao si!

— Ma, ne zezaj. Nije on tako loš.

— Gori je, gori. Ja da ti kažem.

Ceo slučaj, moje saslušanje pred Komisijom, loš osećaj me obuzima. Ne spavam dobro, sanjam gluposti, svađam se u snu sa ljudima bez lica. Guši me sve to.

Bokser naglo ustaje:

— Da ga jebem, biće šta će biti. Moram da idem, da proverim sa bratom crevo za gorivo, da ga nahvatam dok nije legao za noćnu. Ovo nek čeka drugi put — pokazuje na gomilu peska.

— Jebiga. Dosta im je ovoliko, nek vuku malo i sami.

— Majstori? Nema šanse, bre. To su gospoda.

Kreće. Navlači majicu na tetovirano telo, car Dušan dominantan tatu crtež.

— Mutav dan.

— Mutav — potvrđujem.

— Treba da ostaneš na ručku — kažem mu.

— Drugi put, izvini se ćaletu.

— Okej, drugi put. Hvala za pomoć.

— Aj' ne seri — kaže i preskače ogradu od žice, ožare ga koprive, psuje.

Ostajem sam, pripit, lošeg osećaja. Dovršavam pivo, lagano bacam flašu na vrh peska, sklizne po pesku, svuče se manja gomila ispod flaše, dobije ubrzanje i udarom o drugu flašu pukne napola. Protumačim ovo kao loš znak. Zlovoljan, oteram alat i kolica u garažu.

Otac me snimio sa klupice. Pitao bi me nešto, ali me vidi mračnog, smišlja kako da započne razgovor. Ne ulazi mi se u kuću. Primećujem brze oblake, sunce se gubi za tren.

— Biće kiše, izgleda.

Pilji u nebo dok pali cigaretu.

Aha, razgovor o vremenu. Neutralno. Stari lisac.

— Aha — pa šapućem za sebe — nek sve ode u kurac.

— Mnogo psuješ ovih dana, mnogooo — oteže, kao što ume, čuo me izgleda.

Ulazim pod tuš, pre toga gledam mobilni. Nema poruke, nema poziva, ništa. Jebem li ti ćurku, šta li sada izvodi. U dilemi sam da je pozovem. Teškom mukom uspevam da se nateram na brzo tuširanje, dok mi svakakve misli padaju na pamet. Osluškujem telefon, ljut na sebe. Ne, nema. Polumokar zovem, ne javlja se odmah, dugo zvoni.

— Halo, gde si? — prasnem nervozno.

— Ej, ne čujem te dobro — priča iz neke galame. — Čekaj da izađem — prekida.

U kafiću? Grči mi se lice. Sve sam nervozniji.

Cima. Zovem.

— Ej.

— Ej — kažem. — Izašla si?

— Da, u „Foksu" sam.

— S kim? — sumnjam već.

— S Tanjom. Znaš je.

Znam, mislim. Gde baš sa tom fuficom koja pogledom mami sponzore.

— Ko još?

— Niko, ko bi bio? — odgovara brzo, kao uvređeno.

Nije te majka učila da lažeš. Al' pokušavaš, mislim.

Oko Tanje uvek ima pasa, kao oko kuje za parenje.

— Niko? Deluje kao pun kafić. Galama.

— Ma fudbaleri, utakmica, šta li. Ej, da uđem, počinje kiša.

— Kakvi jebeni fudbaleri? Što mi nisi javila da izlaziš? Nešto neplanirano?

— Pa htela sam, ali neplanirano. Ej, moram da uđem. Kiša.

Da, gledam kroz prozor, kiša. Računam koliko mi vremena treba da skočim do „Foksa". Mrzim sebe zbog toga, ali takav sam.

Upadam u kafić, parkirao dalje, nema mesta odmah do kafića. Na pločniku do izloga pekare dva skupa automobila lokalnog krimosa.

Poluprazan kafić, brzo skeniram glavni separe. Tanja i moja devojka. I gomila nazovi fudbalera. Tamo, skroz dalje, do zida pored šanka, Deda, veliki krimos, sa fudbalskim sudijama. On drži i fudbalski klub, između ostalog. Kao i kafić.

Ove dve se smeju nečemu... no kad me je devojka ugledala presekla je smeh i spustila pogled ka čaši. Nije me očekivala tako brzo. Pokušava da deluje opušteno ali je vidim, po pokretima, da je pripita. Brzo je udari alkohol. Pored nje tip sa suviše gela u kosi, skoro pripijen, ruka mu nehajno iznad, na naslonu, iza nje. Gleda u mene, nepoznat sam mu, ne shvata ko sam i šta sam devojci pored koje je. Ne povlači ruku. U meni raste jed. Tek kad mu neko očima signalizira, onda uzima piće, naginje ka stolu i namešta u separeu.

— Ćao svima — hoću da budem uljudan.

— Ćao — pokislo odgovara moja. Tanja me gleda prezrivo. Klima glavom... Ostali za separeom ćute. Jedino mi najmlađi od njih, mršav dečko odgovara. Nisam dobrodošao, razumem. Devojka mi ravnodušno pravi malo mesta da sednem pored nje, pomera se skroz do kraja separea, kao zbunjena. Opa? Kratka suknjica za poslepodnevnu kafu? Malo se pokazuju noge, a?

Dvojica se fudbalera nevoljno izvlače iz separea da bih ušao i seo.

— Moj momak — predstavlja me najzad. Farsa od predstavljanja. Kao da je rekla „moj smor" — tim tonom.

Ovi mi baš ne ukazuju mnogo pažnje. Naravno. Flaša votke na stolu... njoj puna čaša. Đus-votka, mnogo votke kap soka. Po načinu kako joj se muti pogled, ko zna koja po redu.

Konobar se pojavljuje. Niko me za stolom ne pita šta bih popio... Tanja nešto sikće u u telefon, dvojica proveravaju mobilne, gelirani fudbaler pali tanku žensku cigaretu a mršavi ne skida pogled sa Tanje i njenog dekoltea. Ova moja negde zamišljeno gleda.

Lagano se oštrim, ali pokušavam da budem miran.

— Sok — kažem.

— Sok? — naglasi konobar značajno. — Od čega?

— Jagoda.

— Jagodica Bobica — lupa Tanja.

Svi se smeju. I ovoj mojoj pripitoj je smešno.

— Ha, ha — kažem Tanji u facu.

Ne pušta me.

— I, kako je u magacinu?

Zalizani govnar hvata na volej, to se ne ispušta.

— A ti si magacioner? Je l' imate cevke za kupatilo?

Smeju se svi, a on kao pokušava da bude smiren. Faca. Zeza budalu.

— Imamo — odgovaram smireno. — Za tebe imamo dugačku i tvrdu cev — odgovaram i gledam ga u oči.

Nastavlja sa provokacijama.

— Nisu vam dovoljno tvrde izgleda.

— Za tvoje dupe dovoljno.

Auuu, al' se namestio. Tanja cokće jezikom. Kakva krava. Zalizani smišlja nešto brzo, ali ne vredi. Nastavljam.

— Koji fi ti odgovara za... — pokazujem glavom iza njegovih leđa. Umem i ja da žežem.

Pivo me uvek navede na opake stvari. Zato pijem sok. Jagodu.

— Fi? Pa, kô stative, na primer — sere zalizanko. Autogol, nema veze, smeju se, kao dobar je. Jes'! — Imate li takve?

Hvatam pogled bubuljičavom desnom krilu kako bulji u dekolte moje ribe. Ćale mu lokalni političar, ima uticaj u Katastru a sin mesto u timu iako je rođen sa dve leve noge. Da, i klempave uši. Sklanja pogled.

Deda počeo da investira u zgrade, u stanove i lokale. Potrebne su mu sve te lokalne veze po Opštini.

— A? Ima li? — ne pušta Zalizani.

— Ima, ima — razmišljam o nečem drugom, na tren. Puštam mu poen, nije mi bitan. Set neće tek tako dobiti.

Hvatam joj prezriv pogled, ne znam kome je upućen. Tanja joj opasno ispire mozak. Fufica matora, svodi drugarice za parfeme, lovu, ručkove, provod. Celog života je takva. Popela se na više muških nego električar pred penzijom na bandere.

Odjebem budalu, ignorišem. Gledam gazdu, prolazi sa sudijama. Prepoznajem jednog, a i on se mene seća. Deda mi se javlja, smrknuto klima glavom. Napuštaju lokal.

— Opet su vam svirali dva penala? — pitam izazivački. — Bre, drugačije ne umete da pobedite.

Znam da je Tanja obrađivala jednog sudiju. Taj neće lovu, neće drugu, samo Tanja i sve je rešeno. Krava preživa žvaku. Mislim da zna čega se sećam. Vozio sam je par puta do motela i čekao po celu noć.

Nešto se dame kratko dogovaraju pa izlaze iz separea, do toaleta, navodno. Naravno svi bulje u zadnjice, ko neskriveno, ko kroz trepavice. Onda se vraćaju, smeju raskalašno. Uf, što me to nervira.

— Ajmo — kažem joj. — Da te odbacim do kuće.

— Ti idi — kaže mi mrtva 'ladna. — Meni se ostaje.

Smeška mi se ovaj preko puta, ukapirao šta mi je rekla. Prebacujem ruku iza nje posle dva minuta i sav besan, nekontrolisano, stegnem je šakom za desno rame.

Trgne se.

— Koj' ti je moj? — pogleda me iznenađeno.

Valjda su mi pale roletne.

— Izvini — procedim. — Zaneo sam se. Dođi napolje začas.

Izvodim je. Sa klanja. Skidam sa ražnja.

Izlazimo ispred, ispod male tende.

— Šta je manijače, kakvu si mi modricu napravio.

Drži se za rame.

— De, de, nije ti ništa. Ajde da te odbacim kući.

— Ma, šta ću kući, šta si navalio?

— Vidiš kiša. Neću da te posle vozi neko od ovih majmunčina.

— A, to li je? Ljubomorko. Opet te izbija? — unosi mi se u lice. — Ne smem ni da mrdnem, ni da me neko pogleda. Skačeš kô opruga, a?

Sležem ramenima. U pravu je.

U tom trenutku prođe crnka, prepoznam je. Ošinu me pogledom ispod tamnocrvenog kišobrana, poznat ujed očima. Bivša.

— Zdravo — procedi hladno.

— Zdravo, zdravo — brišem je brzinski. Udebljala se, nesvesno konstatujem, kao sve one u braku.

— Okej, idem da uzmem torbicu i vozi me. Pravi si Turčin — odlučuje ova moja.

Ulazi lelujavo u kafić. Čekam duže nego što je razumno. Upadam naglo da vidim što se zadržava, a Gelirani joj drži ruku u svojoj ruci. Njegov drug pomera mobilni... slutim da je ubeležio broj nove prijateljice. Klasično muvanje. Već sam pred burnom reakcijom, čekam neko dobacivanje ili provokaciju da uletim. Prvo Zalizanog.

Ipak ćutke pušta ruku *moje drage*. Ona bode svojim dugim nogama, zabacuje kosu uobičajeno. Zevaju u nju. Otvaram joj vrata auta, jebe brava.

— Požuri, mokra sam.

Ulazi.

— Uf, u pičku. Opet sam iscepala čarape. Pa kad ćeš da namestiš ta vrata?

Gledam. Ćale nije namestio plastiku. Ili je brat opet dirao auto. On i njegove klinke. Taj je odgovoran za klinkocid.

Ne prestaje da negoduje.

— Kakva kanta! Voziš krš, dragi moj.

Auto najzad pali, okrećemo se, ali moramo da prođemo pored kafića, a dva majmuna i menadžer Sila izašli ispred — pod tendom. Pričaju. Menadžer skockan, roze košulja, kvalitetne cipele, skup sat. Ova ga snimi krajičkom oka, a on bulji prezrivo u auto. Da je sređena limarija mogao bi i da prođe, ali ovako... Kanta. Prođem kroz špalir nadmenih pogleda. Raste ogorčenje u meni.

Ulica na periferiji, blato i bare.

— Kad će da vam asfaltiraju ulicu? — počinjem razgovor.

Ne gleda me. Opasno ćuti. Nešto svodi račune. Daleka.

Upadam u baru, nema gde. Gasi se auto. Možda su se navlažili kablovi. Pokušavam. Ne ide, ne pali.

— I šta sad? — pita. — Boli me glava od ovog vremena. Legla bih.

Krupne kapi padaju po limu.

— Mnogo si popila, zato te boli — odgovaram.

Drsko mi pokazuje jezik, delimično vidim pokret.

Pokušavam uporno, ne ide.

— I... Šta sad? — ne prestaje. — Kako ću do kuće?

Gledam blato, klizavo, ogavno. Tu i tamo posuto šoderom, ali ne vredi. Lokve, mala jezera. Setim se da ćale ima ribolovačku jaknu. Predlažem. Prezrivo je gleda.

— A štikle, kako...

Vadim iza sedišta, iz kese, ribolovačke čizme, zamazane. Da, odmah sam znao, loš predlog. Tako ume da pokaže gađenje. Opet pokušavam da upalim auto, zaobilazi nas komšijska škoda, pljusne voda iz bare po krilu auta.

— Ovo da navučem? — pokazuje čizme, pa se strese kao neko kome je mnogo hladno. — Ovo? Ti nisi normalan — maše rukom.

Jebiga, pizdim od nemoći.

— Nisam ja kriv što stanuješ tako daleko.

— A za auto... ja sam kriva? — pita besno.

— Ništa, nisi — mrmljam pomirljivo.

Gde sada da se ugasi. Majke mu ga, sad kad je najpotrebniji. Predlažem jedino razumno rešenje.

— Izaći ću, pa ću te preneti, a ti ogrni kabanicu.

I kiša ne prestaje, nit ima nameru. 'Bem ti septembar.

Pući usta ljutito. Gleda smrdljivu kabanicu, oseća se na ribu, duvan. Ćaletova omiljena.

Izlazim i već sam mokar, otvaram joj vrata i navlačim kabanicu na nju. Nekako me smotano zaskače i grčevito drži, kvasi je kiša po kosi, nije stavila kapu kabanice. Čujem kako psuje, a ja gazim oprezno po mokroj travi uz ogradu; po blatu je nemoguće ići. Jaka je kiša, nadam se da nas ne gleda neko, ponižavajuće je. Uspevam nekako do njenog dvorišta, kratko se mučim s kapijom od belog lima. Jednom rukom je napokon otvaram i žurim dvorištem po neravnoj stazi do male kuće. Nemalterisana, puna crvena cigla.

— Hvala Bogu — kaže više za sebe. — Sva sam mokra.

Penje se uz stepenice. Ni da se okrene. Ona mokra? Njena majka izlazi na vrata. Ja plivam. Ćerka utrčava, pored nje, bez reči.

— Dobar dan, tetka Violeta.

— Dobar dan. Pokisli ste. Uđi, uđi. Vidiš kakva je kiša.

Prihvatam, skroz mokar. Ćale ove moje sedi zavaljen na olinjaloj fotelji, na platou ispred ulaznih vrata, pogleda uprtog na zapad, tamo gde je sve ostavio. Ne deluje trezno, nit registruje ljude oko sebe. Ostao u čauri Velikog Potresa. Znam iz priče njenog brata da se u toku „Operacije Oluja" i napuštanju Korduna i Krajine dobro držao. No se dolaskom u Srbiju razočarao i slomio.

Sednem, brišem lice dok čekam kafu. Majka joj je normalna, za razliku od nekih članova kuće. Čujem je u kupatilu.

Upada njen mlađi brat, uvek nasmejan.

— Gde si, zete? Legendo — snima me. — Šta je, opet te nervira ova krava? — to pocrtava glasno, da se čuje u kupatilu.

Iz kupatila neki grozan komentar. Fen radi.

— Ma, uobičajeno — spuštam loptu.

— Ti si car što trpiš ovo — pokazuje glavom. Uzima parče štrudle.

— Palim. Baš si mokar — konstantuje na vratima. — Kolima si?

— Evo ih tu u bari. Navlažili kablovi verovatno.

Smeje se dobronamerno.

Ona se vraća iz kupatila, kosu je umotala u veliki peškir, kao ne konstantuje me. Drži mobilni, stiže joj poruka.

— Opa, već palo dopisivanje — komentarišem glasno.

Ne obraća pažnju na mene. Čita i briše poruku.

— Tanja — ne pokušava da bude uverljiva.

— Aha, aha — zvučim cinično.

Pijem kafu, a ona navodno sređuje fioke, ni dva minuta da provede sa mnom, da sedne. S njenom majkom počnemo nekakav nategnut razgovor o svemu i svačemu: skupoća, kriza. Pogleda pažljivije ćerku, ali joj ne govori ništa.

— Ništa — ustajem. — Hvala na kafi. Da krenem, stala kiša.

— Ništa, ništa. Dođi nam opet — kaže onako njena majka.

— Da te ispratim — kaže mi ravnodušno devojka.

— Ajde — prihvatam ton.

Jedna od naših svađa. Stojim. Stala kiša, blatnjave su mi pantalone, patike. Smrdi ćaletova jakna na ribu.

— Čujemo se — krenem da je poljubim. Navika.

Hladno namešta obraz.

— Čujemo — odgovara što ledenije može. Vraća se u kuću.

Čujem li to signal za poruku na mobilnom?

Ne vredi da se nerviram. Ako tako nastavim sedeću na fotelji kao njen ćale, dan i noć.

Uspevam da upalim, pa i da okrenem u blatu. Vozim brzo i nervozno. Parkiram ispred garaže, opet počinje kiša. Ćale i komšija piju kafu, dime. Izlazim, pa otvaram suvozačevo sedište i besan lomim plastiku; izvlačim je uz psovke.

— Koliko puta sam rekao da se ovo namesti, a?

Izlazi brat, picopevac, flegma.

— Šta ti je bre, šta dramiš? — gleda u ćaleta.

Ćale kulira, špricerajka stil. Komšija me gleda zapanjeno.

— Sinko, nikad te nisam video tako besnog.

Ulazim u kuću kroz garažu. Češem brata ramenom, pa ga mirišem.

— Opet si mi dirao parfem?

— Jebote, koj' ti je? — sklanja se.

Stižu njegovi banditi. Iz auta piči muzika, svi nasmejani. Jebe se njima.

— Ćale, odo preko granice. Mora da se šljaka.

— Pamet u glavu, mali — dovikuje komšija. — Nešto su zaoštrili.

— Ma, nema zime, čika Milija — utrčava u auto među hašišare.

Nema zime mislim, ali ima zimovanje za par ljudi.

Besan, zovem je. Zauzeto... Zauzeto... Pizdim. Ponovo zauzeto! Najzad je dobijem.

— S kim pričaš toliko? — napadam.

— Šta ti je bre? S drugaricom — odgovara.

— S kojom?

— Ne znaš je, sa faksa. Oko pedagogije nešto.

— Šta?

— Ej, znaš šta, odjebi! Ceo dan se ponašaš kao idiot.

— Ja? Idiot. A... — uzimam dah. — A što mi se nisi javila da izlaziš? I šta ćeš ti sa Tanjom Ajkulom? Koj moj tražiš sa tom... kurvom?

— Prvo, ne vređaj mi drugaricu. I za tebe svašta pričaju, pa...

— Šta za mene pričaju? — pizdim.

— Pa, eto, svašta, pa ja ne verujem.

— Ko priča svašta? — besnim.

— Ljudi, ko će drugi. I ne viči na mene, glava me boli. Ako nastaviš, prekinuću ti vezu.

— Koji bre ljudi?! — derem se.

— Ma... — prekide vezu.

Zovem.

Mobilni pretplatnik trenutno nije dostupan.

Tek kasno uveče stigne poruka da je dostupna, a onda i njena poruka:

Medo, ako si se smirio, pozovi. Ako nastaviš da se dernjaš, prek- inuću te.

Udahnem duboko.

— Dobro veče — kažem mirno.

— Dobro veče — cvrkuće.

Ćutim.

— Što ćutiš? — pita.

— Mnogo si me iznervirala danas.

— Što? — pita naivno. — Što sam izašla? A ti mi se dereš. Malo mi se otac drao, pa ćeš i ti.

— Okej, neću sad o tome. Imam frku sutra na poslu. Previše nerviranja za jedan dan. Odoh u krevet.

— Medo.

— Kaži.

— Ljubim te — ume ona to. — Puno, puno, puno...

— I ja tebe — odgovaram. I istina je, iako me košta mnogo. Svega.

Sanjam ružne snove, premećem se po krevetu, zaplićem u ćebad. Ritam kao ždrebe. Sanjam nju, vitka, plava, u nepoznatom gradu sam. Pitam je za neku ulicu. Na ivici trotoara pokazuje prstom ne- hajno desno i prelazi ulicu podignute glave, podignutih sisa, zgodna. Odlazi i ne okreće se. Probudim se iznenađen, shvatim da sam ružno sanjao. Posle nekoliko trenutaka posmatranja svetlosti ulične svetiljke koja se probija kroz rupu u roletni opet zaspim. Nekako san mi se nastavlja, druga epizoda. Opet taj grad. Buka, gužva u saobraćaju. A u snu mi jedna ulica liči na jednu u Novom Sadu, ali i pored toga, ne znam koji grad sanjam. I može li neko sanjati grad u kome nije bio? Unapred sanjaš, a posle nekad baneš, sasvim slučajno? Dobro, u Novom Sadu sam bio, ali mi konture grada iz sna ne liče na Novi Sad.

Nebitno.

Ali me san namuči. To kako ona odlazi. To posebno.

Odlazim na posao, auto pali iz prve. Plastika nehajno bačena na zadnje sedište auta. Dođe mi da je svirnem kroz prozor.

Još ni kafu da popijem, kad eto ti Baksuza.

— Šta je, prepio si?

— Ma jok — vrtim glavom.

— Pa što takav dolaziš pred komisiju? Uzmi očešljaj se. Kao Bitls si.

— Ja bar imam šta da češljam.

— Mali, bezobrazan si. To je nasledno. A i ćelavci su najjači mačo-meni.

Da, još kad bi skinuo ta dva ostatka kose. Više dlaka ima u ušima nego oko njih.

— Da imaš fleku na toj glavi bio bi kô Gorbačov — izgovorim ono što smo se interno zezali u magacinu.

Hukne besno i ode.

Jebiga, nije mi to trebalo danas.

Uđe Đorđe, debeli picoterminator. Mutnim pogledom šara po meni.

— Al' su ti krvave oči. Uzmi neke kapi. Imaš komisiju u deset.

— Okej. Jesi li video Karfiola?

— Eno ga u odelu, kod sekretarice. Ti si mogao neku košulju da obučeš. Znaš da oni iz Direkcije vole kad smo skockani.

— Ko im jebe mater pedersku. Nek daju platu pa da se skockam.

Ipak se gledam u musavom ogledalu. Otekle oči, crni podočnjaci, nemirna kosa. Glupi džemper, razvučen. Leteće u kontejner posle svega, ne donosi mi sreću. Topim vodom nemirnu kosu, pritiskam. Zavrnem rukave, pa krenem po Karfiola.

Kulira u kancelariji sekretarice Glavnog. Opušten, prekrstio noge. Priča nešto sa njom o pevačici koja se probija na Pinku, a sestra mu je od levog muda desnog kolena. Sekretarica Zoka voli pesmu od te ripaljke *Zoko, oko duboko*. Ima Zoka duboko sve, a na mene je besna, kad sam odbio da je tresnem na izletu. Mnogo mi smrdela na pivo. A i nije neka. Da sam bio pijan, ajde de. A nisam. Trezan sam jako izbirljiv. Te me od tad, povređene sujete, hladno i poslovno ignoriše.

Taman da kaže ono uobičajeno da je u prostoriji zabranjeno zadržavanje kad eto ti izlazi Glavonja i odmah ka Karfiolu.

— Komisija će kasniti malo. Sad sam ih zvao — pozdravlja me površno. Karfiol se važno širi. Krenem da uzmem „Glasnik" sa stola sekretarice i kroz vrata kancelarije vidim ljubičasto odelo.

Kole, moj zlotvor! Kratko nam se pogledi sretnu.

I on se iznenađeno zaustavi, u ruci mu čaša viskija. Glavonja brzo levom rukom zatvara vrata i naređuje Zoki.

— Kafu bez šećera.

Zbunjen i iznenađen saznanjem da je moj stari neprijatelj u kancelariji mog nadređenog, grozničavo razmišljam. Glavni traži neki izveštaj od Zoke koja prebira po fasciklama, a gleda u mene.

Najzad mi se obraća.

— Imate li danas gužvu gore?

— Onako — odgovaram. Nemam pojma. Zabole me za gužvu.

Čekaju da odem, jasno je.

Znamo svi da Glavonjina kancelarija ima dva ulaza. Ali šta će onaj prljavko kod Glavonje?

Slutim.

— Izađi nešto načas — mimikom pokazujem Karfiolu.

Pogleda kratko ka Glavonji, pa nevoljno ustaje iz fotelje.

Izlazimo u hodnik.

— Je li ljigo, što se ne javljaš? — pitam besno.

— Ma jebiga, gužva — stavlja znojave ruke na mene.

— Je li sve u redu? — pitam. — Kaži im samo istinu, ništa drugo.

— Ma normalno, šta ti je?

— Ma, nisi mi nešto siguran — vrtim glavom.

— Evo, kunem se u majku, ne brini — stavlja ruku na srce. — Da me seku — pa se krsti.

— Je l'? U majku? Ma nisi mi ti nešto čist — konstatujem.

— Biće sve okej — smiruje.

Odlazim, do svoje male kancelarije pored magacina pa se vraćam da sačekam Komisiju u kancelariji Računovodstva.

Čekam da me pozovu. U susednoj kancelariji da nas pozovu. Ovi iz Direkcije upadaju važni. Sa njima i Haker, mršavko, bledo lice, stegnuto, važno ukurčeno. Pozdravlja se sa Ljigom, obema rukama mu steže ruku, sav ushićen.

Mene odmeri pogledom, možda je pročitao na mom licu gađenje. Što se, bre, ovi pederi ne deklarišu javno? Ja ih ne bih tukao niti (a šta da tučeš?) prozivao. Što da drže žene u zabludi, te u vezi su, te se žene. Upropašćavaju fine žene i devojke, a ovako bi bilo više slobodnih žena za nas ostale. Milina.

Glavonja ih ugošćava dobrih sat vremena. Unosi se kafa, viski, sok. Pokušavam da budem miran ali sam napet kao struna, blago paničan. Karfiol veselo dobuje prstima, zviždi. Idiot.

Glavonja izlazi, vidim ga u hodniku a Komisija prelazi u kancelariju Pravne službe. Nakon deset minuta Bole pravnik, sam poziva Karfiola da uđe kod Komisije. Bole me čudno pogleda, za tren duže. Obično je nasmejan sedi brkovi i faca kao kod Borisa Dvornika.

Uznemirim se. Sve sam sigurniji. Da, loše je. Svi su zvanični i hladni. Sebe čuvaju. Jebem ti magacin.

Za dvadeset minuta Karfiol istrčava i odlazi negde. Krećem da ga stignem i pitam kako je bilo kad me Bole zaustavlja i poziva unutra.

— Ej, čekaju na tebe.

Ulazim.

— Dobar dan.

— Dobar dan, sedite — mrmljaju.

Sednem, ukočen. Zadubljeni su u papire. Haker je u sredini. Gleda svoje duge, bele prstiće, manikirane. Članica komisije, koščata, sa ljubičastim ramom za naočare i viškom šiški gleda moj džemper i mršti se. A jedina poznata faca u Komisiji od tri člana, Steva Brka je vrlo ozbiljan. Bole pravnik zauzima kancelarijski sto desno od Komisije, a onda im predaje nekakve fascikle. Zoka je stenograf, donosi sebi čašu vode pa pije lek, boli je glava.

Počinje uobičajeno, maksimalno se koncentrišem.

— I Vi tvrdite da Vam je nalog za primopredaju magacina, to jest za prijem u viđenom stanju naložio lično direktor RJ, gospodin Anđelko Škrbić?

— Da, on. Zbog hitnosti — pokušavam da objasnim, premda me ne sluša. Nastavlja.

— ... a u prisustvu, kako ste naveli, Jovana Babunskog?

— Da — potvrđujem. Karfiol je bio prisutan.

Zoka piše, gleda me čudno.

Šta je tu čudno, mislim se. Direktor naložio, ja preuzeo. Nije tajna.

— Nema pisanih tragova? Dokumenata? Niste ništa dostavili? — pita me mršavi. Igra se hemijskom olovkom.

— Nema. Usmeno, bilo je hitn...

Opet me prekida.

— A je l' znate da je kasnije, prilikom Vaše primopredaje, utvrđen manjak od 1.400 litara goriva D2, 1.900 litara običnog benzina, 800 litara Supera i ulja... — čita iz spiska. — ... Ulje 130 litara, menjačko ulje 26 litara... Daske, ekseri, kablovi, u ukupnoj vrednosti od... — pominje cifru.

— Da, znam, ali...

— ... Te ste time zloupotrebili službeni položaj i preduzeću naneli znatnu materijalnu štetu...

— Nisam ja ništa zloupotrebio. U magacinu je bio opšti haos, a iznenadnom smrću prethodnika, kolege Josipa, neko je morao zbog proizvodnje i transporta da hitno preuzme magacin. Meni je rečeno da će se nedostaci otpisati, to što fali, a da će za manje od mesec dana neka Komisija izvršiti sravnjenje, to jest popis i utvrditi stanje. A to što nije, ja ne znam — sležem ramenima.

— Ko Vam je to rekao? — pita članica Komisije.

— Direktor radne jedinice.

— On kaže da Vam ništa slično nije naredio — počinje Čupava trijumfalno, ali je Haker prekida pogledom.

— Kako nije rekao? Ako je tu — ustajem — da ga pitamo.

— Nije to potrebno — spušta me žurno Mršavi i reže pogledom snajku.

— A je l' znate da je nestalo tri motora, kompletna, dva za kamione, jedan za autobus?

— Molim? Odakle sad pa to?

Obraća se Zoki:

— Kolegi je nepoznato... — diktira.

Prekid filma. Ovo postaje ozbiljno.

Tad me pogleda Brka. „Sine, čuvaj se, sam si", kaže mi pogled.

— Kako nestalo? — pitam.

— To Vi nama recite — napada.

— Pa, ja koliko znam, nije ni bilo takvih motora. Nije bilo nikakvih.

— Jeste li sigurni? — vadi papir iz fascikle.

Pokazuje.

— Ovde je izjava, ime Vam neću reći, da ste februara ove godine nudili izvesnom licu, poznatom ovoj Komisiji, motore, ali da ih nije...

— To je laž! — skačem. — To nije istina — ludim.

— Polako kolega — nastavlja. — Polako. Ali da ih nije kupio, jer mu je bilo sumnjivo.

— Ko je taj lažov? To nije istina — vičem. — To apsolutno nije istina!

Brka me gleda zabrinuto.

— Dobro — pravi pauzu. — To bi bilo to. Slobodni ste. Dok Vas ne pozovemo.

Stojim, zbunjen.

Haker nastavlja.

— Dobro, slobodni ste.

Ne pitam ništa, ne govorim ništa. Ne vidim smisao.

***

Jurim Karfiola tri dana, uporno. Četvrtog ga uhvatim.

Imam vremena. Suspendovan sam.

Hvatam ga na kapiji kuće.

— Gde si pošao, slino?

— Kako to razgovaraš sa mnom? — steže kravatu. Nadzornik B pogona. Ne ispušta pederušu.

— Je li, šta beše ono... kunem se, istina i samo istina?

Sklanja pogled.

— A... što ćutiš, pičko? Što nisi rekao istinu? — unosim se. — Jesi bio prisutan, bio si.

— Ma, jebi se — kaže najzad i gleda me u oči. — Ko te jebe, ako misliš da ću protiv Škrbića, a za tebe.

— Samo je trebalo da kažeš istinu, da pomogneš.

— Kome da pomognem? Tebi? Zašto? Za koga? Ko te jebe, neću protiv direktora — kezi mi se u lice. — Šta mi možeš? — provocira.

Šibnem mu šamarčinu preko visokog čela, tek tako ga odapnem i sam iznenađen reakcijom. Pljusnem ga jako, sedne na stepenice u dvorištu. Krene da ustaje, prva reakcija, otvorenih usta od zaprepašćenja, zeva, kad ga sastavim preko nosa.

— Jebaću ti mater za sve — kažem mu.

Curi mu krv iz nosa, drži se levom rukom, a desnu diže u pokušaju da zaustavi sledeće udarce. Uzmem pederušu i šutnem u dvorište. Nekoliko kapi krvi sijaju među cvetnim dezenom njegove košulje.

— Prijaviću te — preti.

Unosim mu se u lice.

— E, onda ću te jebati u dupe. Ali, ti to voliš, zar ne?

Zamahnem rukom.

— Ajde prijavi, pa da vidiš onda karanje, govno jedno malo.

Lupam kapiju besan, njegova majka nešto kune, ne vidi ovog na dnu stepenica. Imaju neku stanarku radodajku u prizemlju, pa možda misli da sam jutarnji posetilac. Hvalili se vozači u firmi, ko je sve bio.

Steva Brka, stari ćaletov prijatelj, preneo je da je Karfiol rekao da nema pojma da mi je naređeno da preuzmem magacin bez popisa, da sam imao popis, da je sve bilo čisto. To zna, jer je on, navodno, bio u popisnoj komisiji. I još dva nečitka potpisa ispod zapisnika o sravnjivanju.

Da, sve je bilo u redu.

Pijem kafu u kafiću, još me drži adrenalin. Gledam novine, ali ne umem da shvatim šta to gledam. Hvatam poglede. Ovo je malo mesto, sve se zna. Ulazi patrola policije, klimaju glavom, izlaze. Neće da sednu na kafu kod mene, iako je jedino slobodno mesto, pobegla deca sa jutarnjih časova, pa je kafić pun. Neće da sednu, znaju. A

Škrbić je uticajan, mnogo ljudi radi za njega u njegovim firmama, voze kamione za njega. Sigurno je da neće niko protiv njega.

Kući ćale ćuti, zna da sam čist, ali ne vredi. Brat mi prenosi trač iz grada da sam optužio Škrbića da je prodao motore, kao cinkao direktora, pa zato dobio otkaz. Suspendovan sam, ali to je izgleda isto. Pričam ćaletu, on me pita za kakve me motore terete. Nemam pojma, sležem ramenima. Toga nije bilo u magacinu.

— Što si prihvatio bez popisa? — pita me. — Što?

— Pa direktor je rekao da je hitno, da će biti sve u redu, a tad smo se zajedno vratili sa sahrane Josipa — širim ruke. — Kako da odbijem? — pitam. — Verovao sam mu.

— Da — kaže ćale. Na poverenje se radilo. Bar me on shvata.

Zna Škrbića, on ga je primio na posao.

— Jebiga, bio je čovek — sleže ramenima. — Nekada.

Od brata saznajem da je stari zvao Škrbića i molio da ga primi, ali da ga je glavonja otkačio.

Polako mi je sve jasno. Skoro.

Još ne znam ko je taj s lažnom izjavom za motore, ali ću saznati. Ludim, kuvam se u sebi.

Nekako se smirim. Ponovo se spremim i krenem u drugi kafić, blizu faksa, da sačekam devojku sa predavanja.

Ljubi me ovlaš.

— Kako si danas? — pita i blene da vidi kog ima, javlja se nekim ljudima, pa ne sačeka odgovor, skače i gubi se.

Vuče neke skripte.

— Hoću kafu — kaže.

— Ej, mala — vičem konobarici, maloj sisatoj.

— Sa'ću, nemam sto ruku — odnosi piće za susedni separe, tamo je Bucko Bobić, krimos bez mozga sa debelim zlatnim lancem, mali debeljan u glupoj pripijenoj srebrno-crnoj dukserici, stomak mu kao kod trudnice. Na stolu flaša viskija i ključevi od audija. Dobro mu ide, ćelavac.

— ’Oće li ta kafa? — pitam.

— Evo odmah — nervozno odgovara konobarica.

Počinjem razgovor sa devojkom, ali sam nervozan, preskačem stvari, a ona zeva rasejano po kafiću, pa premeće skriptu, ne sluša me.

— Ma, slušaš li ti mene? — podignem ton, nervozno.

Trgne se.

— Pa slušam. Šta ti je?

— A šta sam poslednje rekao? — pitam.

— Ma što god rekao, šta god uradio, nema kafe za tebe — odjebe me efektno. Gleda me sažaljivo.

Pogledam se u ogledalu iza nje. Lokne, nežan izgled, ali pogled ludaka.

Da, kafa, okrenem se. Gde je ta kučka konobarica? Sedi sa Buckom Bobićem i njegovim klincima. On je zagrlio, nešto se smeju. Šapuće joj.

— Ej — dignem se. — A moja kafa? — pitam.

— Jebala te kafa — kaže kurvica osorno.

— Šta? — izbečim se, pogledam devojku, a ona me sažaljivo gleda, klima glavom kao: „šta sam ti rekla”.

— Ma, jebala te kafa, što si dosadan — odjebe me sisata krava pred celim kafićem.

— Ej, ortak, ohladi malo, nema kafe, riba je sa mnom — skida ruke sa nje, nešto se važno pumpa, ozbiljan.

— Šta, kako nema kafe? — mozak mi je blokiran, suženje svesti tačnije.

— Pa eto, ne radi automat — izbacuje.

Umiru od smeha, cika, ovaj pokazuje manjak zuba, udara dlanom o dlan klincu koji se guši od smeha.

Prilazim korak-dva, hvatam tešku pepeljaru sa cigaretom unutra i pikavcima i udaram ga posred glave, nešto iznad nosa, krv pršti, pa još jedanput dok se ruše flaše pića, a on teatralno pokušava da ustane. Roknem ga još jedanput, puče arkada, lije krv. Svalim ga na sofu separea. Vrišti konobarica.

Skače klinac, jedan sa duguljastim licem. Petlić.

— Jebem ti mater tvoju — viče.

Odnosim ga nadlanicom posred lica, nabijam na sliku iza njega.

— M'rš — vičem na ostale. Ukočeni, gledaju krv po stolu.

Neki drugi konobar gasi muziku. Muk u kafiću.

Hvatam konobaricu.

— A ti, pička ti materina — za kosu je držim. — M'rš po dve kafe. Odma'!

Odbacujem je sa gađenjem, pa je nabodem u debelo dupe nogom. Špic.

Uzimaju ključeve sa stola, mumla Bucko, psuje, drže mu krpu na licu, izvode ga i odvode u ambulantu. I Petlić izlazi, izbegava moj pogled, opasno kopile.

Sedam, tresem se od adrenalina. Šanker zove telefonom gazdu sa šanka. Pitam pogledom, očima: „šta je?".

Prekida.

Donose dve kafe, moja me devojka gleda, skripta pala.

— Divljak, eto šta si, divljak.

Ne odgovaram.

Ulaze novi klinci u kafić, prilaze slobodnom mestu, gledaju krv na stolu, odustaju.

— Ovde kao da su svinje klali — komentarišu.

— Divljak. Ja te pokazujem kô dečka, pred kolegama, a ti...

— Ne seri — prekidam je. Pokazuje me pred kolegama? Svašta.

Zapanjena.

— Šta si mi to rekao? — pita razrogačenih očiju.

— Da ne sereš mnogo. Zabole me za tvoje kolege pedere.

— Ne. Ti treba da se lečiš. Ti nisi normalan.

— Tek ću da poludim — pijem kafu. — Tek ću da poludim! — podižem glas.

Nema više nazad.

Uzima skriptu.

— Idem kući — besna. — Ne moraš da me pratiš.

— Mrzi me da te pratim.

Odlazi brzo, preskače srču.

Dođe mi da rasturim kafić, skače mi desna noga od adrenalina, ali odustajem. Komentarišu me, primećujem. Bacam par maraka konobaru. Kokoška iza šanka izbegava moj pogled. Pukla trtica, a? Mrmljam preteći. Psujem.

Izlazim, ne znam gde ću. Na gradskoj česmi perem ruke od krvi i pepela. Palim cigaretu, pa krećem ka tržnom centru. Nalećem na frizera Zokija, gledam, nema gužve. Danas me mrzi da čekam.

— Šta je, nisi pod libelu danas? — mnogo priča kao svi frizeri.

— Ne, ni danas ni sledećih sto godina.

— Auuu — kaže.

Sedam na stolicu.

— Šišaj.

— Uobičajeno? — pita dok stavlja čaršav ili šta je to, jebeš li ga.

— Ne, kratko — kažem.

— Okej, kratko, koliko kratko? Trojka?

— Ma ne, jok bre. Kec.

— A? Šta ti je? Kakav kec, pa to je kô ovi dizelaši, mafijaši, ovi šupci.

— Kec. I ne zajebavaj.

— Okej, mušterija je uvek u pravu, kaže moj deda.

Domac, ne zna ni ko mu je majka, kamoli deda. Ne govorim ništa. Gledam se u ogledalu.

Negovao sam takve lokne od srednje škole, dok smo imali snage i verovali u ljubav i ceo svet bio otvoreno polje za lepa stanja. Živeo u iluziji, verovao ljudima.

Padaju pramenovi, otvara mi se lice nepoznatog čoveka. Sebi sam čudan, proučavam se, gledam sa tim likom, u nadrealnoj sceni. Jedan je umro, sad taj ulazi u igru. Bio jednom jedan naivac koji je verovao u dobrotu. Zoki se i dalje čudi, gleda me, proučava. Mašinica, doterivanje.

— Pranje, molim — kažem učtivo.

— Eto, gotovo.

Plaćam. Taj novi me gleda podozrivo iz ogledala. Ali ne ide džins jakna na tu facu. Kec je kec, a džins je rokenrol.

Izlazim, bez reči.

Silazim u podrum tržnog centra. Gledam Tatu, majstora tatua, takav mu je nadimak, stari majstor tetoviranja, ludak sa plaža Tajlanda i Indije. Ulazim, skida pogled sa crteža koji radi.

— Izvolite, šta želite? — zagleda me. — E, jebote, šta si uradio od sebe?

— Eto, malo — češem se po glavi i skidam jaknu, sedam na stolicu. — Radiš?

— Radim. Ali, šta će ti to?

Ne vredi danas pričati sa mnom.

— Od lakta desne ruke do šake — pokazujem. — Hoću zmiju — pokazujem mu. — Ovde da joj je glava, tu — crtam mu prstom. — A za levu ruku još nisam odlučio. Možda zmaj, možda... kasnije.

Sleže ramenima, sprema aparaturu.

— Boleće — kaže. — Nije kasno da...

— Ma, nek boli. Nek se sve nosi u...

Tri sata sa prekidima, pokriva zavojima i ojačava flasterima.

— Koliko sam dužan? — pitam.

Kaže cenu.

— Ostaću ti kratak do sutra, dolazim da nastavimo levu ruku i da platim. Okej?

Gleda me, proučava. Sad je gotovo.

— Donosim lovu sigurno Tata, ne brini se.

Sleže ramenima, namešta maramu na glavu, češka ružnu bradicu, proučava me.

— Sve je okej? — pita. — Sviraš li još? Gitaru, beše?

— Ne. Mislim, sve je okej, ali ne sviram više.

Danas sviram za male pare, mislim se.

Penjem se na sprat tržnog centra. Tu mi je jedan stari dužnik, nekadašnji prijatelj. Dva butika su njegova, jedan ovde, jedan u centru. Ulazim. On. Ne obraća pažnju, sav je usmeren na gospođu i njenu ćerku. Drže zlatare, jake mušterije, kupuju haljinu za apsolventsko veče, za ćerku slonicu. Osamdeset maraka bez problema za zavesu sa zlatom. Šljašteći Versaći. Original.

Gazda zadovoljno stavlja novac u fioku dok ja gledam crnu majicu, kratkih rukava.

— Izvolite — pita. Ne prepoznaje me.

Skidam džins da probam majicu.

— Koj' ti je kurac, zar me ne prepoznaješ? — pitam.

— Jebote, jebo te cvrčak. Šta uradi čovek od sebe — savija ruke.

Krećem ka kabini za presvlačenje, gledam muške crne kožne jakne. Nešto kao bokserica, dobra kragna.

— Jee... što su jakne? Kol'ko to?

— Samo sto pedeset maraka — odgovara.

— Sereš — navlačim zavesu. — Skupo.

Oblačim crnu majicu. Odlična je. Pipam zavoje, dobri su. Neka ih. Peče me. Izlazim, gleda me, zavoji.

— Šta ti je to? — pokazuje na moju ruku.

— Posekao sam se na brijanju. Koliko je ovo? — pokazujem na majicu.

— Deset maraka za tebe.

— Ajde? — smejem se. — Idi bre. Daj mi ovu jaknu da probam. Miris kože.

— Au, kako dobro leži — vrtim se oduševljen.

I on primećuje.

— Super ti stoji.

Upadaju policajci, vrte glavama po radnji, gledaju me.

— Izvinite, greška — pa zatvaraju vrata. Poznati momci.

— Kerovi — komentariše.

— Aha.

Vrtim se i dalje ispred ogledala.

— A koliko ti meni beše duguješ? Kol'ko već? Tri-četiri godine? More pet ako nije, mislim.

— Trista maraka, al' moram da proverim.

— Ehej, trista. I, šta misliš? — pogledom ga pitam. — Kad?

— Jebiga, brate, stao posao, vidiš i sam kakvo je vreme.

— Ma, sereš bre, Zigi, sereš. Sad si uzeo pare od onih slonica iz zlatare. Vadi lovu.

— Ej brate, sačekaj me par meseci, dobićeš sve.

Zalazim iza stola, pomeram ga i otvaram fioku.

— Ej, koj' ti je — negoduje.

— Šta koj' mi je? — vičem. — Hoću svoje pare, šta nije jasno?

— Ma brate, shvati me, trebaju mi.

— Ma, boli me kurac. I meni trebaju.

Bacam 80 maraka na sto i vadim svesku, iz nje ispada plava novčanica od 100 maraka.

— Opa? Dobro ide posao? A? — stavljam u džep pare.

— A za ostalo, uzimam jaknu i smatram da smo kvit.

— E, brate — negoduje. — Jakna je 150 maraka, pa majica. Brate, ne ide tako.

— Ne seri, bre, to ti je kamata, bežiš pet godina od mene.

— Brate, pa šta ti je, trebaju mi pare za robu, samo što nije došao čovek.

— Ajde — pomeram ga. — Je l' ti treba ova kesa? — pitam formalno, izbacujem ženske crvene gaćice na sto. Uzimam kesu i trpam staru majicu i džins jaknu. Prvo vadim cigarete.

— Ajd' uživaj, pozdravljam.

— Brate, bre, upropastićeš me — ne prestaje da kuka. Sere tek tako.

Zastanem na vratima, besan.

— Ne seri, bre, više, ne seri!

Izađem.

Mamu li vam jebem da vam jebem.

Piša mi se, odlazim u kafić, mali kafić, ali za mafijašku elitu. Ima mesto za šankom. Stavljam kesu na beli mermerni šank. Guram punu pepeljaru od sebe.

— Izvolite — pita konobar.

— Kafu. I dupli viski. Jedna kocka leda.

Palim cigaretu.

— Brate, čuvaj mi ovo — kažem tipu pored sebe, pokazujem na kesu. Klima mutno glavom.

Ostavljam cigaretu u čistu pepeljaru, slatko se praznim u toaletu, skupilo se. Vraćam se, pa kažem konobaru:

— Daj ljudima šta će da piju.

Krkaju malo pivo. Kucamo se, slistim viski tek tako. Naručujem za sebe i za njih. Dolazi im visoki, opasan tip, sed. Opet pokazujem konobaru da ponovi turu na šank liniju. Vidim u ogledalu da ih pogledom pita ko sam. Sležu ramenima dok cuclaju pivo. Kucamo se ponovo, traže cigaretu, ostavljam im kutiju da uzimaju. Opušta me alkohol. U ogledalu iza mene ulazna vrata, vidim klince iz ekipe Bucka Bobića. Pričaju tipu koji je sa njima, mašu rukama.

— Ma, ja bih mu jebô majčicu, ali nas je sve iznenadio — mutira klinac glasom, otpadaju mitiseri od njega, koliko se uzbudio. Tip klima glavom. Gledaju po kafiću, svi za šankom im uzvraćamo jedan spori pogled. I ovaj visoki u crnoj košulji, sed i opasan, on ih posebno izazivački gleda. Sklanjaju se, bez reči.

— Živeli — kaže sedi. Pije viski.

— Živeli — odgovaram. Gledam ispred sebe. Mobilni mi u jakni, mrzi me da ga tražim i vadim iz džepova. Nisam je zvao. Prvi put me hvata pitanje, jasno dubi u glavi: da li to vredi nastaviti?

Ostajem bez cigareta, stiže piće od ekipe, ostavljaju mi punu kutiju cigareta. Opet se kucamo. Pijemo. Nit oni pričaju, nit ja počinjem. Ćutimo čudno. Ulazi Sila, doteran. Ljubi se sa visokim. Tu su iza mene, Sila se rukuje sa svima, pa i sa mnom. Mutno ga gledam, misli da sam član ekipe. Ovi neobrijani, osim sedog. Ja isto sa bradom od četiri dana, ona oštra, nezgodna.

— Sve u redu? — pita ga sedokosi.

— Sve, brate, sve.

— Kako ribe, ima li šta za brata?

— Ma ima, studentkinje ginu — smeje se.

Opet se grle. Zakače me rukom.

— Izvini, brate.

— Ništa — nazdravljam opušteno.

— Kad završim sa jednom malom, tvoja je. Evo, radim je.

— Je l' čemu? — pita belokosi znatiželjno.

— Odlična je, bombonica. Pred raskidom je, ali ako ćeš na brzinu nešto, imam pravu stvar za tebe — pokazuje pesnicom. — Kida živo meso, razbiće te.

— Ajde? Kakva je?

— Bre, ajkula, trpa se žestoko. Ona mi je glavna.

— Pa, jesi jebô to?

— Ma to je za prijatelje. A jesam davno — odmahuje rukom. — Ma bavi se sportom. E, a... ako si u mardelju navukao neke druge navike...

Smeju se, udaraju po leđima. Sedi vrti glavom.

Ajkula se namešta za manje od petnaest minuta. Pomeraju se sa njom na šank, levo od mene, čekaju mesto, da konobari očiste sto u separeu.

Čujem lepo kako Ajkula zove Nju.

— Doći će za pola sata, ovaj njen pravi neka sranja — konstatuje.

— Ko ga jebe — kaže Sila. — Čujem da je pukao.

Da. I ja čujem. Smeškam se hladan, spolja. Pomeraju se najzad sa šanka levo u separe, ostatak ekipe ostaje sa mnom za šankom. Pijemo, ćutimo, pišamo. Tim redom.

Evo, ni pola sata, vidim u ogledalu taksi staje, upada moja riba, seče me nešto oko srca. Ekipa sa šanka se okreće da je otprati. Seda do Sile posle upoznavanja sa sedim čovekom. Taj ne gubi vreme već pipa po nogama Ajkulu. Smrklo se naglo, opet će kiša. Šanker smanjuje svetlo u kafiću, ali separe je fino osvetljen.

Koka-kola za nju. Neće da pije alkohol. Sila glumi opuštenu facu, izbacuje uvežbano ruku, pokazuje skup sat. Ležerno pije. Iz drugog separea ga gledaju neke ribe, lepa crnka duge kose mu prilazi, tankostruka. Rukuje se. Kristalan osmeh. Mršava kao što treba. Izlazi, prolazi pored nas, opojno miriše. Oprezno bacam poglede sa šanka, ali ni sebe ne prepoznajem kad se pogledam u ogledalu. Skinuo sam malopre u WC-u kožnu rokersku ogrlicu. Rekoh, ne ide uz novi stil. Malo bacim pogled ka separeu gde je ona, pa analiziram sliku.

Bele farmerice. Odlično joj ističu figuru. Onda dugačke minđuše, vrat joj dolazi do izražaja. Moj poklon, od šanera Žabara, za godinu dana zabavljanja.

Sila kreće u napad, uzima joj ruku, kao gleda njen sat, nešto komentariše. Ona vrti glavom. Sat iz Grčke, kada sam brao pomorandže dva meseca. Poklon za rođendan.

Sila kreće žestoko. Ona se dobro drži. Ali u meni kipi.

Gleda mobilni telefon, piše poruku. Meni? Držim ruku na kesi, vibrira u jakni telefon.

I taj mobilni... kad sam je najzad smuvao imala je neki nezgrapan mobilni, pravu ciglu. I to je od mene, kad već pravim popis, jebô me popis.

Tip za šankom se interesuje.

— Brate, da te pitam. Šta ti je u toj kesi? Mislim, nemoj da me shvatiš pogrešno.

— Brat otišao u vojsku pa civilka. Jebiga — sležem ramenima.

— A? Ajde živeli onda. Za njegovo zdravlje.

Gubim važan trenutak, ali vidim da nešto razgovara sa Ajkulom, pa ustaje i praćena pogledima izlazi. Mislim da odbija Silu, njegovu ponudu da je odveze.

Mala, sad si bila prava. Hvalim je u sebi.

Prošla je pored mene, u ogledalu joj uhvatim nervozan pogled. Taksijem ode. Ličim joj na nekog?

Ajkula i Sila, nagnuti preko stola, brzo razmenjuju reči.

Gledam kroz prozor, pala noć, kiša ne pravi krugove po barama na ulici. Skidam jaknu, tip gleda moje zavoje.

— Vruće — kažem i sipam još jedan u sebe.

— I ja bih skinuo jaknu — pokazuje kožnjak. — Ali ne mogu — smeje se poverljivo i otkriva za pojasom gvožđe.

— Koliko? — pitam dok tražim mobilni u kesi, u džepovima džins jakne. Pijano izvrćem džepove.

— Šta koliko? — kao čudi se.

— Pa to gvožđe?

Pažljivo me gleda.

— Nisi murija?

— I bre. Pa ličim li ti na kera? A? — glumim uvređenost.

— Pa... malo — šali se.

— Ma, ajd' živeli — kucamo se. I ovaj drugi učestvuje.

— A ti si odavde? — pita.

— Ne — odgovaram kratko.

Zevam u mobilni, mnogo poruka, ukopčavam. Od brata.

Gde si? Sve u redu? Tražila te murija dvaput.

Još jedna od njega.

Spavaj u vinogradu. Znaš, ćale brine.

Jebiga, nek brine. Meni je branio da se tučem. „Sve može da se reši razgovorom", a brat mezimac je mogao da radi svašta po školi.

Ja? Ni slučajno, za mene je imao tešku ruku. A brat, flegma, maza po potrebi, i stalno ono: „Pusti ga, on je manji, pusti ga, on je mlađi". Sad postao jači, krupniji i snalažljiviji. Uvek taj nađe neke pukotine. Omiljeniji. Svi ga gotive. Moje društvo posebno. Ja tupim, a on je kralj. Pa moje drugarice, keze se kao lude kad spadalo upadne u sobu i zaplete trepavicama. Ostalo mu tako, provlači se na šarm i dan-danas i uspeva mu.

Ja težim putem i ne ide. Sve katastrofa do kataklizme. Jedino ona, neki uspeh posle toliko padova.

Od nje poruke, čitam redom.

Javi se... divljaku... da se izviniš.

Sledeća:

Gde si? Nema te kod kuće???

Naredna:

Izaći ću na kafu sa Tanjom, još ne znam gde.

Zna da mrzim ovo mesto, a ni Tanju ne podnosim.

Sledeća:

Krećem kući, dosadno mi je. Što se ne javljaš?

Poslednja:

Medo, kod kuće sam. Krećem da učim. Javi se.

Kucam poruku, ispravljam, puštam:

Sve je u redu. Zvaću te posle.

Najzad podignem pogled sa telefona, na šanku još dve pune čaše, upitno pitam konobara, a on pokazuje glavom — stigao gazda kafića, Debeli Džo. Sedi sa Silom i sedokosim, šalju piće celom kafiću. Vrišti muzika, skupljaju se ribe u separeu. Ajkula i mala Mica se penju na sto, mešaju, uvijaju se, opšte odobravanje.

Stavljam telefon u džep nove jakne.

— Brate — pita me tip pored mene, ne čujem ga dobro. Mrštim se i prinosim uvo.

— Jesi li... — opet ne čujem, pokazujem prstom u uvo.

Viče, najzad.

— Jesi li ozbiljan za ovo? — pokazuje na pojas.

Klimam glavom. Jesam, vrlo.

— Koliko? — pitam.

— Je l' ti odgovara sto marona? — kaže. — Teča je. Tetejac.

— Kakav je?

— Nov. Ganc.

— Jebe mi se — kažem. Vadim lovu.

— Ej, e, čekaj, čekaj — smeje se. — Al' si ti brz. Jebô ga, dođi ovamo.

Odlazimo ispred toaleta.

Dajem mu stotku, a on meni gvožđe. Stavljam ga iza leđa, pa navlačim majicu preko.

— Sigurno nisi murija? — setio se da pita.

Skidam deo flastera, odvijam malo od zavoja, pokazujem glavu zmije.

— Au, dobra je — klima glavom.

Vraćamo se, sedimo. Ispijamo. Da krenem, mislim. Koliko da platim, pokazujem glavom šankeru.

— Nema, sve je plaćeno — kaže.

— Kako bre, ko?

— Sve je u redu — kaže.

Širim ruke, okej. Hvala.

Sila ili Džo.

Grlim se sa nepoznatim ljudima.

— Jebiga, ne mogu više — sečem rukom. Gotovo.

Smejemo se pijano.

Izlazim na čist vazduh. Udara. Zahladnelo posle kiše. Diram se po glavi. Hladno. Kao čujem signal poruke, proveravam, sklanjam se iza ćoška. Sedam na mokru klupu. Brat.

Budi oprezan, nekakav auto je kod naše kuće. Možda tebe čekaju.

Hehehe, smejem se. Imam top u džepu.

Krećem, pa se vraćam po kesu, zaboravio na klupi. Nisam daleko od centra grada. Moj deda je bio stara gradska faca, imanje, zemlja, vinogradi, dobro vino, nego razvukli komunisti, nešto malo ostalo. Približavam se svojoj ulici, koristim senke i poznate prečice.

Psi me znaju, cvile i umiljavaju se, prlja me jedan — skače da ga mazim. Gledam, ispod breze parkiran auto, kao svici gore cigarete unutra. Prilazim iza zida, osluškujem. Čekate me, a? E, to je lepo, šapućem sam sebi. Kačim kesu na šiljak ograde, suviše šuška. Izvadim top. Setim se da proverim ima li metaka. Jebote, nisam ni pitao. Ima, blešte, ima bar tri.

Izlazim lagano iz senke zida, imam lagan korak kao Irokez. Polako prilazim autu, trojica unutra. Petlić mutno osvetljen od ulične svetiljke. I još dva kretena.

Kucam pištoljem na staklo. Trzaju se, unezvereni, iznenađeni.

— Ovde ja čuvam — progovaram tuđim, promuklim glasom. Pisalo na tarabi, ja zapamtio. Izgoreo od duvana i alkohola. Gadno izgledam. Mašem velikim pištoljem. Kao pas kad maše repom.

— Ajde, bre, magla! — podižem ton.

Uplašeni, pale auto i gube se, iz prve. Ovaj pozadi legne na sedište, da ne ošinem po njima. Slete sa trotoara, pa brzo odjure praznom ulicom.

Hehe, smejem se zadovoljno. Krenem, pa se opet vratim po kesu. Gazim prečicama do vinograda, ulazim u livade, padnem bar dvaput, klizavo, na oštroj travi ode noga. Smejem se, ležim i blesavo se smejem. Pun života. Pun alkohola. Ovako se nisam napio od... hm, odavno? Vedro nebo puno zvezda. Ne sećam se kad sam gledao gore, da li se nešto promenilo? Mašem glavom, pa ležeći na mokroj travi proveravam poruku od nje:

Medo, laku ti noć, odoh na spavanje. Javi se.

Šaljem poruku bratu:

Sve je okej, sutra donesi kafu.

Zna on gde volim da pijem kafu.

Vraća sms:

Traži te murija, traže te Stoletovi momci, a ima još nešto. Ribu ti ozbiljno muva Sila. Pazi je.

Vraćam mu:

Znam.

Bucko je Stoletov brat. Vanbračni. Vanbračni??? Lupam, smejem se sam sebi. Stoletovu kevu neko napunio, a nije htela da kaže ko je, pa kad je zajebala sve i otišla u Austriju, Stole počeo da brine o debilčetu.

Vikendica u vinogradu, u stvari stara, držeća koliba i hrastov krevet, neuništiv, kao splav debele daske. Prvo vadim vodu iz bunara, pijem. Na drvenom stolu ispod velike trešnje ostavljam telefon i utoku. Da ne bućnu u bunar.

Hladno mi je, navlačim sve na sebe, pokrivam se nekim starim zelenim ćebetom, sa crvenom trakom po sredini, a pre spavanja se smejem, dugo. A sam sebi delujem lud.

Ne znam šta sam sanjao.

***

— Ej, budi se, budi, jebote. Šta si to uradio od sebe?

Brat me budi.

— Poranio si — kažem kreštavo.

— Poranio? Pa jedanaest sati je. Au... — gleda me. — Šta si učinio od sebe?

— Mali, stavi kafu.

Gleda utoku na stolu pored kreveta, ne pita. Vadim vodu iz bunara i pijem, izgoreo. Sunce visoko, živo, bučno, od ptica mi glava puca.

— Au — sednem na klupu kao prebijen. — Auuu, al' sam se utopio.

Ne priča mi se.

Brat iznosi kafu.

— Daj cigaretu ako imaš.

— Nemam — kaže.

— Pa, sa čim radiš, jebem ti takvog švercera?

— Pa, ne trošim svoju robu.

— A čiju trošiš? Uf, daj šećera, gorka.

— Što si ti komplikovan — vraća se iz kolibe i uz šećer mi baca jaknu. — Ogrni se, duva ovde. Dobra ti jaša — komentariše jaknu.

— A i friz ti je opak — smeje se. — Mora da si mnooogo bio pijan.

Trljam oči, glava puca.

Nastavlja sa razgovorom.

— A ovo? — pokazuje na utoku. — Šta ti je ovo?

— Dobro je za kupus — odsecam. Još nisam spreman za ozbiljne razgovore. Mučno mi je.

Kapira. Ćutimo.

— Koliko je loše? — pitam najzad, kafa je pri kraju.

On i njegovi Skakavci su dobro informisani.

Smeje se.

— Onog Bucka sad zovu mumija, sav je u zavojima. Stoletovi te traže. Baš si preterao — gleda moj zavoj na ruci.

— Aha, vredelo je.

— Murija te tražila dvaput, ne znam da li zbog šorke ili... — pa gleda u utoku. — Ovo je opasno ako ti nađu — pokazuje glavom.

— Ma jok, neće.

— A ako ti je trebao, mogao sam da ti nađem za 200 maraka.

Biznismen u njemu ne staje.

— Sto! — smejem se.

— Ne seri? Kako?

— Pa prva ruka — sležem ramenima.

— Brate, pa ima nade za tebe — udara me rukom preko stola, po ramenu. — Ne brini se, sredićemo sa Stoletom da te njegovi ne diraju.

— Ma, ko ih jebe — vrtim glavom. — Neće me više niko dirati.

— A onaj Sila, znaš ga, opasno ti juri ribu. Smara porukama. Uporan je, opasan.

— Znam.

— Obrati pažnju, ma koliko imao poverenja u nju.

Gleda me pažljivo, birao je reči.

— Nemam poverenja — kazujem mu istinu.

Opet me fokusira pa cedi.

— Trebalo je ranije da se ošišaš. Nekako si...

— Lepši? — smejem se.

— Ma ne, isto si ružan. Nego, nekako si pametniji.

— M'rš bre.

Smejemo se.

— Šta ćeš sad? — pita.

— Burek i jogurt, ako te ne mrzi. Gladan sam.

Odmahuje rukom.

— Ludaku. Isti si deda.

Deda, deda. Uvek me vukao sa sobom. Ovde smo dežurali u majskim noćima, da nam ne kradu trešnje. I znam da mi je rekao gde je, ali ne mogu da se setim. Brat misli da znam gde je deda pred rat sakrio dukate, da ih nije vadio, a da ja čekam. Jebeš li ga šta. Držim ih da je tako, ne smem da kažem, da sam glupan, zaboravio. Ispod neke trešnje, jabuke ili oraha je. Ivicom vinograda su trešnje, jabuke i orasi, nema više od pedeset stabala. Samo. Tu je negde. Ali nikako da se setim.

Kreće da mi donese nešto za jelo.

— Stani — kažem.

Uzimam mu naočare za sunce sa košulje i kačim na lice.

— A? Kako mi čuče?

— Zajebi — pokušava da ih otme. — Znaš koliko me koštaju.

Otimam.

— Odjebi — pomeram mu ruku. — To ti je za parfem, opet si ga radio.

Odlazi, dovikuje sa staze.

— Jebote, bolji si mi bio onaj stari — ipak se smeje. Odmahuje glavom. Pamti taj kao zlatna ribica.

Aha, bolji. Za druge, mislim.

Toplo je i koristim dedin izum: u sredini vinograda, postavio sam staro bure. Proveravam vodu, mlaka. Primitivan tuš, ali završava stvari. Od parčića sapuna pravim malo veći i opušteno se tuširam. Pošto nisam imao peškir obrišem se starom majicom, a u kolibi obučem novu crnu. Dok sam čekao brata opet stavim kafu, pa rasklopim pištolj na brzinu i proverim cev. Onaj sa šanka je bio u pravu, nov, još smrdi na vojnu mast. Nije ni čišćen od nje, nije detaljno. Zapije se vojska, pa plaća oružjem, bombama.

Zviždi neko iz trave, brat.

— Šta ja znam, bolje da se najavim — spušta na sto kesu sa burekom i jogurtom, baca mi paklicu cigareta. — A za mene kafa? — negoduje.

Stiže mi poruka.

— Hoćeš li da se javiš ili ne?

Gledam neodlučan u telefon. Baterija je pri kraju, samo što se nije ugasio.

— Ona, a? — šilji ga brat.

Vrti glavom, odlazi da skuva kafu.

Izlazim među čokote vinograda, zovem.

— Gde si ti? — javlja se brzo. — Je l' sve u redu?

— Ej... (lepo je čuti njen glas). Sve je u redu. Malo sam u šteku.

— Svašta se priča u gradu o tebi, pitaju i mene. A oni mi klinci dobacivali.

— Šta? Ko?

— Oni pederčići. Da nećeš dobro proći kada te uhvate.

— Ma, ko ih jebe — zastajem. — Nego da pitam?

— Šta?

— Je l' kod tebe sve u redu?

— Kako to misliš? — zastaje, zadržava dah.

— Ti i ja, mislim, sve isto?

Delić sekunde mi je dovoljan. Kasni mi taj delić.

— Da, što ne bi bilo — smeje se, namešteno. — Iako ne znam kod koje si, pa... Iako se ne javljaš.

— Čujem da se neko mota oko tebe — prekidam je.

— A, to. Nema ništa od toga — ne demantuje.

— Nadam se — kažem.

— Kad se vidimo? — pita. — I gde si ti, u stvari?

Gledam sa brda ka njenom delu grada, čak joj i kuću vidim.

— Mnogo bliže nego što misliš.

— Aha. Tebi kao da nije stalo do mene, dragi moj.

— Stalo mi je, nego sam u gužvi.

— Okej, neka ti bude. Rešavaj to, medo.

— Zvaću te.

— Okej.

Puče mi baterija, možda je nešto htela da kaže. Nešto lepo.

Brat izlazi s telefonom i daje mi. U drugoj ruci drži šolju kafe.

— Ćale.

— Zauzet ti telefon, pa nedostupan. Dobro si? — zabrinuti glas.

— Okej je, ćale. Ti?

— Evo penzionerski, iskoristiću dan da se pripremim. Grize šaran, idem rano.

— Odlično, odmori se. Spremi dobru riblju čorbu.

— Ako bude kečige. Znam šta voliš.

— I ono moje... a la brokoli a la dalmatinski način.

— Važi, sine. Za tebe. Čuvaj se.

— Važi stari, ne brini.

Čudno pogledam pištolj. Brat broji municiju. Nikad taj nije umeo sa oružjem.

Stari se sprema na pecanje, ima omiljeno mesto. Nekad smo na tom mestu znali i roštilj da raspalimo. Jagnje da pojedemo. Debele senke da se odmori od pića. Reka, pecanje i ćutanje.

Često sam ga tamo zaticao i treznog, češće pijanog. To je skrovito mesto, vidi se kad neko dolazi. Pogodno za tajne susrete. A to znači da me neko čeka oko kuće.

— Loše vesti? — pita flegma.

— Pa, i nisu najsjajnije.

— Šta da ti donesem od kuće? Bićeš ovde?

— Onaj moj ranac, zeleni, u podrumu je, iza ormana.

— Kog ormana?

— Pa onaj dedin, od oraha. Iza njega.

— Tamo u paučini? — strese se. Bljak, pravi facu.

Toliki čovek, a plaši se pauka.

— Reci ćaletu, on će.

— Fuj, paučina, prašina, grozno.

Maneken. Pruža okvir tetejca.

— Evo ti, imaš sedam komada.

— Pa, sklopi to, ako umeš — pokazujem mu rasklopljen pištolj.

— Ha! Nije to ništa.

Posle petnaest minuta nerviranja, diže ruke i pali cigaretu.

— Gledaj. Trebaće ti. Lako je.

Kad mu kažem „lako je" posebno poludi. No, prati postupke. Sunđeriše.

Dajem mu mobilni da mi napuni bateriju kod kuće.

— Brate, moram na šljaku, dolazim predveče. Kad završim.

— Ajd' ne kasni mnogo.

— Ma, ti si ionako na odmoru. Gde žuriš. Haha — smeje se.

— Seronjo.

Hteo sam da mu kažem „suspendovan", ali onda vidim koliko je to glupo. Zapalim cigaretu, pa od dosade počnem da preturam po stvarima u kolibi. Nađem flašu sa rakijom, pa stari dedin bajonet, neko mu skratio sečivo, pa ga napravio na dvoseklicu. Ko li je to brusio nemački čelik?

Kao kama je, nezgodan. Izađem napolje, pa uz sto počnem da skidam zaprljane zavoje na desnoj ruci. Osušili se na suncu posle tuširanja i prelivam preko toga mlaz žute rakije. Štipa. Popijem. Peče, odnosi. Ćale odavno ne pije, verovatno je dedina specijalna. Ćale se smiruje pecanjem. Iza kuhinjskog ormana vidim nekakvu cevku, pokušavam da je izvučem, pa uz nju izvučem i kaniju za bajonet, od tog skraćenog. A blesne mi nešto žuto, kao mesing, u prašini. Jedva letvicom izvučem. Orden, zeleno patiran krst sa buđavom crvenkastom tkaninom. Nešto piše na francuskom. Dedin krst, dedin orden, od francuskog oficira. Pričao nam je milion puta. Ćale nije verovao. A ni ja.

Iz Prvog svetskog rata. Da je na nekom brdu, u nekoj borbi prsa u prsa, uzeo švapsku ratnu zastavu, a Francuz sa svoje uniforme skinuo orden i zakačio ga dedi i odmah uz čestitke mu poklonio i konjak. Sećam se lepe flaše koju je sedeći na ovom krevetu nežno okretao u ogromnim rukama. Flašu je zvao Žak, Žak Mustak.

Deda me je voleo mnogo. Podržavao me je maksimalno u kriznim danima odrastanja ali ni meni nije davao da priđem blizu tom Žaku. Setim se njegovih reči pa se rastužim.

„Na tvojoj svadbi, sinko, tad deda otvara Žaka. Tad, nema posle kad. Ako ti i ja ne popijemo, popiće ga drugi, a to nije isto."

Jebiga, deda. Neće ga piti drugi. Ti i ja ćemo. Eto, nađem mu orden, sakriven ili bačen iza ormana. Orden za koji smo znali iz priča, ali ga niko video nije.

Deda je retko pio, samo svoju rakiju i svoje vino. Ali smo znali da ga je krajem avgusta, iz nekog samo njemu znanog razloga izbijala svadljivost i nervoza. Povuče neki talog i pobegne od svih u vinograd gde pije dva-tri dana i noći; lomi, tuguje. Sam.

Nekad i peva. Umeo je lepo da peva. A onda u besu gađa nožem drvena vrata. I orman je pun takvih ožiljaka. Nešto, nešto ga je mučilo. Babina godišnjica je u to vreme padala, tih dana, njegova „tanka golubica", ali je uz to bilo i nešto dublje, nešto nepoznato. Ta povremena tuga, uz pogled njegovih prozirno plavih očiju, to mi je prvo kad pomislim na dedu.

Imam vremena, ne plašim se ja paučine kao neki, upalim stari fenjer i polako se zadubim u unutrašnjost velikog ormana, tačnije, to je orman sa fiokama i policama od tvrdog drveta. Lakirano pažljivo, uništavano pijano. Tu smo u vinogradu, u „vikendici" popularno rečeno, brat i ja dovodili devojke, divljali na krevetu, pa i na ovom čvrstom komadu nameštaja. Posle dedine smrti, niko nije nit tražio nit pitao za Žaka... Mustaka.

Skroz iza, pod gustom mrežom paučine i tovarom prašine, pokriven starim novinama i kartonskim kutijama leži sanduk. Ivica i metalna drška, ulepljena crnom paučinom, zapletenom. Pomeram prazne tegle, flaše, tiganje, flaše zejtina, rasparene čaše, izvlačim teški pijačni kantar sa tegom, pa polako, mic po mic, izvadim sanduk. Dedin vojni. Katanac, belgijske firme „broun". Ili „brown". Oštećeno, strugano. Težak katanac, muzejski. Ključ? Pokušam da otvorim, ne ide. Tražim slaba mesta sanduku. A gde bi deda sakrio ključ? Ako ga ne nađem, moraću da razvalim sanduk. A žao mi. Uspomena. Poklopac sa strane ne prijanja baš idealno, oštećen. Tanka pukotina, prljavo belasa slomljena daska. Počnem po tragu po fiokama.

E, tu svašta ima. Stari srpski novac Kraljevine Srbije, albanske leke, forinte metalne, austrougarske monete, zaprljane, ne vidi se godina, pa ekseri, federi, lanci, katanci, žice, kukice, igle, slomljene makaze, otvarači, poklopci, čaure, moji klikeri. Sve pažljivo pogledam, pomeram u stranu kao što tragač za zlatom pomera na tavi nevažne komade šljunka da bi došao do žutog metala, ali nešto što liči na ključ, nema pa nema. Izvrtim sve oko kreveta, pogledam iza vrata, na dovratak pređem rukom, pokupim prašinu. Popnem se, izvučem ciglu, nađem staru kutiju šibica, praznu, ali ključa nema. Kao niko detaljno pretresem „vikendicu" pa usput pokupim i razno đubre: prazne flaše pića i kutije cigareta, kutije kondoma, čaše od jogurta pune smrdljivih pikavaca, časopise, stripove, stare kalendare, kutije od cipela, vrpce i kanape. Strašno. Nije ženska ruka ovde čistila najmanje dvadeset godina. Užas. Ali, ključa nema. Ispod dasaka kreveta, zaglavljen, nađem bratov zipo sa američkim orlom. U, što je pizda ludeo kada ga je izgubio. A evo gde, u krevetu. Klip-klap, radi, iz trećeg puta kreše iskru. Uzeću iz fenjera, pa ću da ga napunim, a ko nađe njegovo je. Smejem se. Zamišljam facu manekenu kad zapalim cigaretu zipom ispred njegovog nosa i lagano odložim na sto. Taj zipo mu je bio poklon od Marine, njegove velike i neprežaljene ljubavi. Otišla u Kanadu, trebalo je da se vrati. Odlučila da ostane, a buraz nikako da shvati da mu je bolje tamo sa njom.

„Jebô te vinograd", zezao sam ga krvnički. „Poklanjam ti i kuću i imanje, samo idi."

Posle je bilo kasno.

Od tad buraz nije isti. Smeje se, zeza, leptiriše, ali u ozbiljne veze ne ulazi. Svi ga vole, ribe otkidaju na njega, ali i dalje jaše sam.

Umorim se od prašine i prljavštine, peče grlo. Izađem napolje. Sunce zalazi polako. Ogladneo, meljem ostatke bureka, onaj tvrdi deo, što niko neće, mrvice sira sa hartije skupljam. Ko zna kad će Skakavci da „probiju smenu". Biće tu čekanja.

Hteo ne hteo, uvuče mi se misao o mirnom rutinskom životu, o smornom toku, ali umirujućem. Zapalim cigaretu. Sednem na sto, pogleda uprtog u grad.

— Ti i ja, sami — kažem, ne znam zašto. Nije ovo film *Valter*. Nije, znam. Patetika, brate, najgora.

Zahladnelo, pale se svetla u gradu, po kućama. Lepo pada noć, mirna. Opet je vedro, možda neće biti kiše večeras. Ćutim umiren, gorim cigaretu, puštam misli tek tako. Gledam ka njenom kraju, pokušavam da odredim tačno njenu kuću. Možda pogled njenog oca iz tame i fotelje ide iznad mene.

Ne razmišljam o promenama u kojima sam. Ali mi prijaju. Nekako sam svoj. Jači. Čudno zadovoljan. Sve se namestilo, sve je stalo u prvi udarac preko face Bucka Bobića, taj osećaj me još drži. Osećaj pravde, izravnjavanja računa. A kad se čovek navuče na takvo svođenje računa, teško se skida sa tog zadovoljstava. Lagano se smeškam, a čim pomislim na nešto loše, desnom rukom prekrijem pištolj i odmah se osetim bolje. Zabijem kamu u dasku stola, pa stavim vodu za dve kafe. Nek se sprema, možda brat uleti, već je vreme. Nisam gladan, no mi je malo dosadno. Taman počnem da srčem kafu, čujem auto. Neko zviždi. Hučem kao sova. Glumim ozbiljnost.

— Da se najavim. Šta znam. A za mene kafa?

Gleda na sto. Pokazujem.

— Ne seri. Je l' topla? — proba.

Onda stavlja torbu na sto, zelenu.

— Jebote, šta imaš unutra?

Primećujem, oćišćena od prašine i paučine.

Vidi šta gledam, pa objašnjava.

— Ćale je to očistio, pregledao, znaš.

Znam, pauk. Smrtna opasnost.

Palim mu cigaretu zipom. Ne registruje. Srče kafu kao što ume, namerno.

— Uf, uf. Baš kô što ja volim. Buraz, neću te menjati kô kafe kuvaricu.

— Doneo si mi nešto za jelo? — pitam najzad, vidim nema vajde od njega.

— U, jebote. Ostadoše pljeskavice u autu — udara se po čelu. — Ajd' da popijem kafu. Ili idi sam — gleda me.

— Sačekaću.

— Kako hoćeš.

Gleda kamu, vadi iz stola, okreće je.

— E, dedina? Našao si je?

— Aha — potvrđujem.

— Pa nađi i ono. Kopaj, traži, jebote. Sad imaš vremena.

Beči se u mraku.

Smejem se.

— Što kasniš toliko? Poneo si mi telefon? — pitam.

— Polako, polako sa pitanjima. Jedno po jedno — vadi telefon. — Evo ti. Gužva na grani. Svi rade. Svi. Cela smena iz fabrike krenula.

Ide do auta po hranu.

Uključujem telefon. Bing, bing, bing. Poruke, jedna za drugom.

Poruka sa nepoznatog broja:

Pederu, jebaću ti mater, da znaš.

Bing, još stižu.

Karaću te strašno. I tebe i tvoju ribu zajedno. Brišem.

Čitam njene:

Prvo na tebe pomislim pa se rastužim. Bože, koliko će ovo trajati?

Sledeća:

Da znaš da SVI na faksu u mene gledaju. Tanja me gnjavi za tebe, ispituje. Tražila te policija? Strašno. Gde si?

Naredna:

Što si nedostupan? Jesi li u gradu uopšte? Što ne pustiš bar poruku? Ti si sebičan, što se ne javljaš?

Još jedna:

Ni poruka, ni poziv ceo dan. Treba li da te čekam ovde sama? Odoh u kafić. Neću da mi ceo život prođe u čekanju tebe blesane.

Zovem. Nedostupna. Ponavljam. Nedostupna. Nerviram se. Pokušavam da se smirim. Pokušavam. Ne vredi mi sad ništa. Proveravam mobilni. Kad ona uključi, ako uključi telefon, dobiću obaveštenje.

Dolazi brat, pljeskavice mirišu, grize stomak.

— Doneo sam i pivo, a evo ti i pribor za brijanje, kupanje, šminkanje — stavlja kese na sto.

Otvara meni limenku piva, pa sebi dok ja još piljim u displej telefona. Ne govori, osećam pogled. Kucamo se, trgnemo po dobar gutljaj. Uzima paklu cigareta.

— Ćale će biti sutra na reci. I Brka. Znaš to?

— Ne, za Brku ne znam. Zašto on?

— Jebeš ga, budi tamo.

Klip-klap. Pali cigaru, duva dim, drži u ruci zipo, mračno je. Smejem se. Primećuje.

— Što se smeješ? Jedi dok je toplo — pokazuje glavom na pljeskavice.

Grizem halapljivo, ali se i dalje smejem, punim ustima.

Neću da ispustim momenat kad ukapira šta drži u ruci.

— Opet se smeješ? Malo si fiknuo ovde? — u mraku pokazuje krug oko glave, sa užarenom cigarom.

E, onda mu nešto pade na pamet:

— Odakle pa tebi zipo? — kreše ga. — Jebote! — viče. — Jebote. U majčinu — drhti mu glas.

Izbacujem već sažvakanu hranu, smejem se. Dižem limenku piva. Svojim plastičnim upaljačem obasjava i detaljno gleda „Orla". Oči mu suzne.

— Znaš li šta je ovo meni? Znaš li... jebote...?

— Znam — tešim ga. Jebem ga, odakle bih znao, nikad mi nije rekao.

— Gde je bio, gde u majčinu? — diže pogled.

— Ispod kreveta, međ daskama. Verovatno ti je ispao.

— Izgubio sam ga te noći — kaže, otvara se kao konzerva sardine. — Te noći kad je rekla da se ne vraća, da me voli, ali da neće da se vrati, u ovaj jad, bedu i rat.

Zastaje, verovatno vraća reči iz sećanja.

— Tu sam bio, tu — pokazuje na kolibu. Otvara se retko. Sad kulja iz njega. — Jebô je ja — stiglo ga.

Svakog stigne. Oni što pokažu, oni najbolje prođu. Oni što gutaju, e ti najebu. Izlomi ih iznutra, samelje. Evo ga, počinje da suzi, diže se naglo i ode međ čokote, sam. To nam je porodično, volimo da patimo međ vinovom lozom.

Dovršavam i drugu pljeskavicu, načeo i drugu limenku piva, podrigujem zadovoljno.

Dolazi presečen, vuče noge, tovar tuge ga stigao. Ne pušta zipo, belasa u desnoj šaci.

— Idem — kaže.

— Čekaj, evo ti pare za Tatu. Neću da dugujem. Svrati pa mu daj, nemoj da zaboraviš.

Trpa u džep.

— Daj da vidim šta ti je radio.

Skidam prljav zavoj, kreše zipo, mračno je. Izniče glava zmije, tanka otrovnica.

— Jebote, opako. Opako. Sviđa mi se.

Pozdravljamo se.

— Pusti poruku ako ti šta treba. I čuvaj se.

— Ne brate — kažem mu. — Ti se sada čuvaj, pazi na leđa.

— Nema frke, moji su tu.

Dovršavam pivo, pa se sklanjam u kolibu, unosim vodu sa bunara. Palim petrolejku, otvaram vreću i vadim vojne čizme, savijene; ispresovanu vreću za spavanje, vojnu maskirnu bluzu i maskirne pantalone iz Legije stranaca, poklon od strica. Par sitnica, kompas i paket zavoja za prvu pomoć. Te par čistih majica, čarape, veš, peškir; ubacio ćale, gde bi se brat toga setio. Rasturim vreću za spavanje, stavim bluzu, pa preko nje pištolj. Zagrejem vodu na plinskom rešou, pripremim pribor za brijanje. Smirujem se, ne mislim na nju, inače zadrhti ruka, pa se isečem. Nabacim penu, ogledalce malecko, no dovoljno.

Bing! Stiže poruka. Ostavim sve, priznajem. Dostupna.

Peškirom brišem obraz. Zovem.

— Gde si bebo? — pitam.

— Kući — deluje umorno, odsutno. — A ti, gde si? — pita. — Šta se dešava?

— Još ne znam sve, ali me žestoko nameštaju.

Ćuti.

— Gde si bila?

— Kod drugarice, pa smo izašle da prošetamo.

— Nedostupna si bila?

— Baterija se ispraznila.

— Aha.

— Kad se vidimo? Umorna sam od svega ovoga.

Ćutim.

— Ljubiš li me?

— Da — teško otkida nežnost. — Ljubim — ali ostaje prazno.

Kao: „ljubim te još uvek, ali ne znam do kada".

— Izvini. Hoću da legnem.

— Pila si nešto?

— Jesam. Laku ti noć.

Prekida.

Ostajem sam u brdu, sam u kolibi sa petrolejkom, sa ćutanjem oko sebe, sa telefonom čiji se displej gasi polako, sa teretom na sebi i slutnjom da mi se veza raspada pred mojim očima. A ja nemoćno posmatram kako se sve to raspada. Da li smo bili već načeti, te je sve ovo što mi se desilo samo ubrzalo sada već neminovan rasplet, kraj veze. Samo diplomatsko „laku noć", čudan umor i nedostatak volje za priču, za borbu, ravnodušnost prema mojim problemima, nedostatak podrške i ljubavi, nedostatak... Tražim pravu reč. Ne osećam je uz sebe punom snagom, ne osećam da mi „čuva leđa", da iskreno brine. I dalje stojim u kolibi, sav smrvljen saznanjem da pucam. Krajnjim naporom se brijem, pažljivo i precizno. Spiram penu, brišem se i rakijom pečem obraze. Bez trzaja, bez reakcije na bol. Sednem, opet ustanem. Ponovo čitam njene poruke, pa ponovo. Već između redova osećam prazninu. Vrtim glavom, nemam izlaza kako god okrenem. Znaću sutra više, sutra na reci. Palim cigaretu. Gasim fenjer. Ne stiže me umor, napet.

Bing!

Stiže poruka, skačem do stola. Ona. Prvo mi to pade na pamet. Ne, grdno se razočaram. Nepoznati nastavlja sa pretnjama i psovkama, morbidan. U trenu mu malo odjebem sestru, za nijansu mi se popravi raspoloženje. Namestim telefon da me probudi rano ujutro, pa ga isključim. Ugasim i zadnju nadu da će mi nekako ona poslati sms sa tovarom ljubavi. Ne vredi se zavaravati, već je u krevetu. Nadam se u svom. Uopšte se nije trudila da mi objasni gde je bila, s kim, što je telefon ostao prazan. Signali su jasni, neću se zavaravati, već ću probati da ostanem normalan. Jače probleme imam. Blokiram vrata daskom i uđem u vreću za spavanje. Suviše sam se zadržao na jednom mestu, možda me provale. U mraku gledam kroz prozor, na zapadu puno nebo zvezda. Čujem dobuje nežno po limu kišica. Ne spavam, premećem se, lelujam u polusnu, kratko sanjam da sam na nekom slavlju, nepoznati ljudi, terasa solitera i čovek što stoji na simsu, na samoj ogradi i pred našim očima, polako, miran zakoračuje u ambis. Au, trgnem se od užasa, skočim, pa se zapetljam u vreću i svaljam pored kreveta. Obučem se, navučem toplu uniformu, uključim telefon da proverim tačno vreme. Krenem mnogo ranije, na kaiš ubacim kaniju sa kamom i spremljenim pištoljem i izađem u sivo jutro, maglovito i kišno. Sitna kiša, uporna. Hladno, mirno a magla potopila grad ispod mene, sav ugušen u sivim pramenovima. Teskoban osećaj.

Krenem kroz livade, držim se ivica, pretrčavam, zagrevam se. Spuštam se na reku, pretrčavam kroz šljivike, krečom obeležena stabla, u stroju, pa preko nekošenih livada, pored bednih koliba od drvenih ploča i lima starih auta do niza skupih vikendica, sa mermernim stepenicama i ogradama od kovanog gvožđa. Zamičem gonjen lavežom pasa, nervoznih od samoće. Zastajem da se odmorim i proverim put ispred sebe, ne očekujem ljude. Još je rano, idealno za nekog ko ne želi previše pažnje. Zaobilazim vikendicu sa izbačenom velikom terasom kad mi se ispod strehe, sakriven iza gomile nacepanih drva učini poznati džip, sive boje. Priđem bliže. Nema psa, jer bi već čuo besno lajanje. Lagano preskočim betonsku ogradu, uskočim u travu, već mokar od sitne uporne kiše. Skokovito dođem do gomile panjeva i bacim pogled. Koletov džip, nema sumnje. Pipnem motor, mlak, sat vremena. Lagano se popnem uz stepenice, navučem kapu skroz do brade, crna sa otvorima za oči. Osluškujem, korak po korak stepenicama do velike terase. Prozor pored vrata, spuštene roletne. A levo, prozor te leve sobe, nešto se dešava... Približavam se pažljivo, priđem do ugla pa se sagnem i priđem prozoru. Osluškujem nečiji hrapav glas.

— Ajde, radi, radi bre — gadni Koletov glas. — To, sad će... tu je...

Polako se pridižem, gledam gola rahitična leđa, rupa u kosi, slaba kosa, pa opala, mutno prigušeno svetlo ističe staračke pege po rukama i leđima. Fuj. Podignem se još malo, oprezan. Go je skroz, a među nogama mu žena, gola i debela. Njoj ne vidim lice već samo desnu sisu, ogromno mesište. Kipi salo, razbacuje. Kontrast, on mršavko, isturene lopatice, krele.

— E, sad će... sad, više to... trudi se.

Smešno mi, a i zgađen sam. Kad bih imao fotoaparat, kakvo bi to zezanje bilo po gradu. Spustim se, pa nastavim da osluškujem.

— Ne mogu više — čujem ženski glas. — Vilica me zabole.

— Ma, možeš, radi.

— Ne mogu. A da ipak uzmeš pumpu?

— M'rš, bre, kravo debela — besni. — Šta će mi? — psuje. — Mogu ovako, nego se ne trudiš dovoljno.

Opa? Neće pače da skače?

Psuje je. Ova ćuti. Pomeram se lagano i spuštam do džipa. Gledam gume. Setim se Ludog Konja i njegovih fazona, taj je diplomirao na takvim stvarima. Zadnju desnu gumu za početak. Vadim kamu, pa polako, precizno i kontrolisano duboko zasecam spoljnu gumu, bez oštećenja unutrašnje. Da mu zapržim dan. Dužan mi je mnogo, ovo je sitno. Lako ulazi oštro sečivo, ne previše duboko, lagani rez dužine pet-šest centimetara. Da probam, možda uspe. Pritisak prilikom vožnje će učiniti svoje, ima desetak minuta vožnje zemljanim putevima, nadam se dovoljno.

Zadovoljan, preskačem ogradu i hitam ka reci, ka ćaletovom omiljenom mestu. Stigao sam rano, gasim telefon. Nadvikuju se žabe iz plićaka. Volim reku, volim da gledam sa obale u reku. Puštam misli, čistim mozak. Penjem se visoko na drvo, stari orah. Tu uvek ima detlića, burgijaju. Udobno se namestim za čekanje. Već me vuče da zapalim cigaretu, ali se uzdržavam. Primirim se, osluškujem udare po vodi, verovatno riba iskače. Šum reke tako umiruje, razvlači u blaženstvo čoveka. Kiša definitivno staje, magla se polako pomera, sunce. Čujem neko dolazi, glasovi, prvo nejasni...

Matorci.

— Ovde, na staro mesto. Stevo, danas ima da radi.

Ćale. Miris krdže koju puši probija mozak.

— E odlično, nema nikog — kaže Steva.

Raspakuju se, nameštaju mamac, zabacuju, pa pale cigare. Sa drveta posmatram situaciju, gledam kroz mokro lišće okolo. Najzad se pokrećem, nema nikoga. Lagano siđem na granu metar i po do zemlje, bez šuma.

— Ćale — lagano, prigušeno dovikujem.

Okreće se, čuo me skoro odmah. Pogleda okolo, pa onda reče: „Stevo!", i pokaza ka drvetu.

Steva se približi polako sa štapom, pa pali novu cigaretu. Ćale gleda okolo.

— Sinak, zdravo. Dobro si? — gleda me ovako maskiranog.

— Zdravo, čika Stevo. Dobro sam, dobro — potvrđujem. — Kakva je situacija?

— Mali, jebu te mnogo, peru sve preko tebe, sve.

— Shvatam, majke im ga.

— Škrbić je davao za mitinge gorivo, svi znaju, ali ga iz Direkcije udaraju, nekom se gore zamerio. Čisti se preko tebe i to se zna.

Ćutim.

— Tebi spremaju krivičnu, sve živo na tebe kače. Njegovi su jaki u sudstvu, sjebaće te. I komandir je njegov, ma svi, znaš?

Klimam glavom, rezignirano. Što veća lopina, više mu se uvlače.

— Ne može niko da ti pomogne, a dobićeš otkaz, reorganizacija kao, neće ni da čekaju postupak do kraja. Letiš odma'.

— Seronje.

— Možda da uzmeš advokata. Milić, onaj Nikola Milić je dobar, znaš, da probaš?

Odmahujem glavom. Nisam siguran da će neko uzeti moj slučaj ili će odrediti neku cifru koju ne mogu da platim.

Setim se.

— A ko je to srao da sam mu nudio motore na prodaju?

— Pa Kole dao izjavu.

— Kole? O majke mu ga spalim.

Ćutimo. To je to. Krug se zatvara.

— Hvala, čika Brko. Zovni mi tatu.

— Izvini, mali, moralo je ovako — pokazuje na reku i gustiš. — Ni ja nisam Škrbiću mnogo po volji, jedva čeka da me gurne u penziju.

— Sve je u redu, hvala još jednom. I pozdravite teta-Branku. Kako je ona?

Senka mu prođe preko lica.

— Bolje, kao drži se, daće Bog da bude dobro.

Odlazi sa svojim teretom. Ćale, stari konspirativac, čeka skoro deset minuta pa se približava. Pokazuje:

— Ostaviću ti hranu ovde, idemo naviše uz reku za pet-šest minuta. Kako si inače?

— Pa, ne najbolje. Vidiš šta mi spremaju?

— Vidim. Sila Boga ne moli — gleda me u lice, brine. — Smršao si.

— Aha, malo — nastavljam. — Gurnuće me u zatvor, dve-tri najmanje. Poludeću tamo.

Maše glavom levo-desno.

— Imam čoveka tamo, u sudu, probaću da saznam koji je član zakona pa...

— Ćale, neću u zatvor, nisam ništa učinio. Znaš — prekidam ga.

— Znam — sleže ramenima. — Nisam dovoljno pametan šta da ti kažem.

Gledam ga, dobio još bora, oči mutne, nije spavao celu noć.

— Ovakvo vreme zla nikad nije bilo, bar ja ne pamtim.

Vrtim glavom.

— Deda mi je pričao da je tako bilo, odmah po oslobođenju, sve je dao što su tražili, glavu da sačuva. Eto, za našu porodicu se vratilo takvo vreme, izgleda.

— Izgleda — konstatuje. — Odluči kako ćeš, na tebi je.

— Odlučio sam. Neću u zatvor.

Klima glavom:

— Šta god bilo, računaj na nas.

— Znam, ćale.

— Ovaj put sam uz tebe — sagne glavu. Ćuti. Odlazi. Pa skupljaju stvari i bez reči odlaze uz reku. Deluju kao da je njima teže nego meni. Pogureni, zabrinuti. Vraćam se u kolibu, istim putem, oprezniji zbog ljudi u polju.

— Moram van, preko. Neću u zatvor — kažem bratu. — Rešio sam, odlučio. Ili... — pokazujem utoku. — Pa redom, po spisku.

U ovom kraju zemlje svaki ugledan domaćin ima spisak, pa kad bude neka frka ili rat da nekog ne izostavi kad počne rokanje. To je tradicija čak.

— Ima načina, ali kako ćeš? Imaš li nekog preko? — mršti se.

— Imam, snaći ću se za početak. U Vidinu imam čoveka. Sposoban. On će mi pomoći, što god bude trebalo.

— Nisi mi pričao. Siguran si u njega?

— Stari dug. Više je stric učinio, ali i moje je.

— Pun si iznenađenja — gleda zmiju na ruci. — Lep rad — nastavlja. — Definitivno si rešio?

— Da, presekao sam. Ne vidim nikakav izlaz. Sve je protiv mene, sve.

— A ona? — pokazuje glavom ka njenom delu grada. Nepotrebno, samo je jedna „ona" u mom životu.

— Gotovo je, mislim da je gotovo, večeras ću do nje.

— Mislim da je gotova. Da ti kažem? — gleda me.

— Kaži.

— Sila je vozi kući, još ništa, ali...

— Aha... Pitanje dana, misliš?

Sleže ramenima.

— Jebiga... — donosim još jednu odluku. Danas me hoće, krenulo me. — Moraću večeras da raskinem, da me ne sjebe skroz, a ti pripremi tvoje Skakavce.

— Zelenog ću. On te obožava od kad si naduo pičku Bucku Bobiću — klima glavom. — Dosadan je, samo o tebi priča.

— Zeleni? Aha, a sestra? Ana beše? — smejem se. Ima slatku sestru.

— E, ona o meni priča — smeje se.

— Opa? Ozbiljno?

— Ma jok. Fina mala, oštra, odjebuje me, ništa već mesec dana.

— Ti? Mesec dana ništa? — vrtim glavom. — Kako to?

— Ma nema veze, biće moja — konstatuje. — Dosta je ovako.

— A? Šta reče? Bre, tako treba — lupam ga po ramenima, bratski, široko. — Možda ima mozga u toj glavudži.

— Kod tebe bilo, pa vidi gde si — uzvraća, odjebuje me efektno. Jebeš vreme kad slabi đaci zezaju odlične. Smejem se. Šta ću, mali je u pravu.

— Doći ću večeras kući, nek ćale spremi ribu i a la...

— Znam... a la... na dalmatinski način — smeje se. — Jebô te dalmatinski način, malo ti bilo njihovog krša.

E brate, mislim, ali ne kažem. Odlazi.

Tada sam u Dalmaciji bio najbliži Bolu. Međ kamenom. Siv kamen, sivo nebo. Tvrda zemlja, nebo, stena. Zato su ljudi tamo tako oštri. Tu nema sakrivanja, na brisanom prostoru su. Grudima dočekuješ zlo. Zlo vreme, zle ljude. Ako si pravi. A ako nisi, dupetom, jebiga, kao i svuda.

Stigne me umor, sakrijem se u čokote, uvijem u vreću za spavanje, rano ustao, stres i umor čine svoje. Jake odluke. Sve me to izbacilo. Da... i odluka o raskidu, zatvaranje svega što bi moglo da me boli. Osećam gde ću za početak, a posle, nešto ću naći, verujem u sebe. Kao nikada, u sebi pronalazim snagu. Sa njom se dopisujem, bezvoljno dopisivanje, kao da čeka da je odbacim, smiruje me i spušta nivo odnosa. Poruke su maltene prijateljskog tipa. Da, i nepoznati gad nastavlja da me vređa. Ne trošim se na njega. Smešan mi je, gramatika užasna. Tek povremeno ispravim nepismenog krelca. Umor me baci u bezdan, san bez sećanja. Probudi me jato čvoraka u čokotu, naleteli, jedu zrna. Deda nikad nije dao da ih teramo, ma koliko jeli, ma koliko štetu pravili.

„Božije je i naše, ali i njihovo je", sećam se kad je galamio na ćaleta koji je znao nekad da razjuri veselu gomilu. Prhnu, pa čekaju na obližnjoj, jedinoj topoli, da deda ostane sam u vinogradu. Pametne ptice. Ma deda je mnogo voleo životinje. Za ljude već nisam siguran.

I tako probuđenog, gleda me crni ptić, bez straha pilji u mene. Raznežim se, pa mi sve teško padne, sve ovo. Umijem se, ukočen spavao na zemlji. Koliba je zamka, nemaš gde. Napravim kafu. Zapalim, da se odmorim od sna. Lep dan najzad, upijam očima, pamtim silno, spuštam pogled kroz livade, do sjaja reke, pa na grad. Opraštam li se to ja? Može biti.

Poruka:

Ovo stvarno nema smisla. Skroz si me zapostavio. Reci mi kuda vodi ovo? Ne mogu više ovako.

Zovem, glas mi je promukao, hladna bunarska voda.

— Šta ti je? — pitam. — Šta ne možeš ovako?

— Ti, ko zna gde si! Šta se dešava sa tobom? Je l' istina da ćeš u zatvor?

Ćutim. Šta da kažem?

— Neću u zatvor. Nikako.

— I... Kad se vidimo?

— Videćemo se, moram da prekinem — čujem auto.

— Dobro — kaže ljutito. Prekidamo vezu.

Brat i Zeleni, nasmejani klinac, jak. Ćale mu nestao na ratištu.

— Ej, legendo. Jebô majku kako sad izgledaš — oduševljava se. — Vidi što je šara — pokazuje na tetovažu.

Brat kuva kafu.

Zeleni gleda pantalone.

— Nađi mi takve.

— Teško — vratim glavom. — Legionarske.

— U, al' su moćne.

Uz kafu pada i predlog. Kad bude čisto, to jest, kad bude odgovarajuća smena na granici, krenem sa njima u autu i da me prebace, ono, ilegalno. Razmisliću, kažem. Odlaze, ljudi bez briga. Ne umem da se iskontrolišem, zavidim im. Onako stvarno i jako.

Vraćam se u kolibu, iznosim dedin sanduk na sto ispod drveta i čvrsto u poklopac zabodem bajonet i oštrim pokretom otvorim, iz petog puta. Razbijem zadnju stranicu i otvorim. Ustajali miris prašine i buđi, oštar smrad nečega što miriše na ulje za podmazivanje, ko zna. Svežnjevi dokumenata, pisama, požutele slike, drvena kutija. Lakirano crno drvo. Izvadim. Otvaram pažljivo, nisam ni sumnjao, dedin konjak. Žak Mustak. Konjak je u stvari Remy Martin 1908, ali to dedino ostaje. Pomešana osećanja radosti i tuge. Gledam pored sanduka u dedin francuski orden, pa me obavija laka tuga. Više nešto kao žal za onima koje nema.

— Deda — kažem svečano kao da je sa mnom za stolom. — Nismo ga popili zajedno na mojoj svadbi... — taman da nastavim svečanu rečenicu kad: bing!, stiže poruka.

Od nje:

Znaš šta dragi moj, ako ti imaš prečih obaveza od mene i nije ti stalo do ove veze bolje je da prekinemo, jer ne želim više da gubim vreme i čekam da tebi dođe iz dupeta u glavu. Možda negde postoji neko kome nije teško da bude sa mnom.

Bang. Direkt u moju glavu. Opa!, pomislim cinično, baš joj se žuri. Smirujem se i puštam sms:

Stalo mi je do tebe, večeras se vidimo. U gužvi sam, znaš. Ljubim te.

Stiže odgovor:

Nemoj da bude kasno.

Kasno? Što bi bilo kasno?

Odgovaram:

Neće, što bi bilo kasno ako si uz mene u dobru i zlu?

Znam već odgovor, ali nek je malo peče, ako ima šta.

Ostavljam Žaka pored, preturam bez cilja po sanduku, vadim dedine lule, tabakere, crno-bele slike: deda ispred vinograda, deda ispred punionice, deda u uniformi, jak, odsečan čovek. Dokumenta, ugovori, zapisi iz katastra, akcije, berza, naslovna strana novina, veliki naslov *Rat*. Čutura sva izubijana, ratna. Naletim na ključ, tanak, ali težak. Pogledam ga, padne mi na pamet nešto i krenem da petljam oko katanca. Perfektno otvori katanac. Skinem sad lepo poklopac. Čudim se, ili je to rezervni ključ što mi je čudno ili je deda taj jedini ključ, zbog nečega ubacio kad je zaključao, nazad u sanduk. Onaj mali, tanki otvor, tu bi mogao da prođe. Nečega nije hteo da se seća? Ili? Ostade tajna da dubi i mnogo pitanja. Čudim se.

Ne vredi sad o tome razmišljati. Spremim se i u prvi sumrak krenem kući. Poznatim prečicama, preko tuđih ograda. Malo teže ide, lepa noć, izašli ljudi u bašte, pričaju, večeraju, piju, deca se jure i vrište. A ne bih da me neko vidi. Ali uz mnogo muka, nadam se neopažen, uđem u svoje dvorište, pa sa bureta skočim na garažu, a sa garaže direktno na terasu. Otvorim vrata terase „ženskom" kvakom, koju sam uvek sakrivao zbog takvih ulazaka, direktno. Uđem, naviknem oči na polumrak. Kao da je prošlo hiljadu godina, rekao bi neki poeta. Neko od onih, izgubljenih pesnika što samo u oblake zveraju. Preplavi me čudan osećaj, obučem trenerku i omiljenu majicu, pa se spustim do dnevne sobe.

— Čuo sam te — smeje se ćale iz fotelje. Nekada me zvao Tarzan.

Iz druge sobe brat viče:

— Ćale, čuo sam nešto, da nije stigao?

Jebem ga, moj tihi ulazak nije uspeo. Ova dvojica su budni.

— Eto mene. Ima li tople vode? Odmah bih da se pustim pod tuš.

— Ajde ti, speri to crnilo, a ja ću da postavim sto — skače ćale. — Hoćeš nešto žestoko? — pita.

— Može — odgovaram, već sam pod tušem. Civilizacija, jebote.

Skačem za postavljen sto.

— Opušteno, moji su napolju, niko nam neće smetati — kaže brat.

— Au, pa vi ste prava organizacija. Jebô ga.

— Pa da, ne kô vi soleri.

Ćale sipa tri čaše, sa bratom izmenjamo brze poglede, nije pipnuo rakiju mnogo vremena. Kapira taj o čemu razmišljamo.

— Pa može valjda otac da popije sa sinovima po jednu.

— Pa može — sležemo ramenima, al' ne dodajemo onu „al' samo jednu". Nećemo da kvarimo trenutak. Servira, sav ponosan, ribu i preliv, onaj što mnogo volim.

— I... — vadi bocu vina, sav ponosan. — Mostarska Žilavka, od pre rata, kad smo svratili u Mostar, ja i vaša majka.

— Au — kaže brat. — Specijalna rezerva?

— Da, sad je vreme da se popije.

Hoće da kaže, još smo zajedno, posle... jebeš ga.

Familijarno nam je da krijemo boce pića. Čekamo radosne dane, da ih tad sa uživanjem otvorimo, nazdravimo, zapevamo. Nešto kasne i dani i godine; po skrovitim mestima zaboravljaju se flaše pića, čekaju vremena bolja. A od dede smo naučili i brat i ja, da pijemo malo i kvalitetno. Ali je deda ćaleta ispustio iz kontrole, taj je jedno vreme pio sve osim benzina.

— E pa, živeli — diže čašu a oči mu sijaju, trenutak razmišlja. — Da budemo živi i zdravi, da nam se dobro dobrim vrati i kad legnemo uvek da zaspimo.

— Živeli — kucnemo se, jebeš sutra i prekosutra, večeras ćemo da budemo srećni. Teško je, al' na silu. A onda primećujem svečani stolnjak, crveno-beli, što ga je majka iznosila retko. Ćale se baš potrudio. Prelivam ribu, probam.

— Auu — uživam. — Što je dobro.

Brat gleda:

— Ma daj to tvoje da probam, šta se toliko oduševljavaš? Čudna mi čuda, riba i...

Uzima činijicu i preliva malo preko ribe. Pratim mu reakciju.

— Bre, ovo stvarno dobro.

— Pa kažemo ti, prava stvar.

— Na to si se navukao, tamo? — pokazuje glavom, kao da je to blizu.

Neko se navukao na dop, neko na blitvu i brokoli.

— Da, tamo. Imaju najlepše more, majke im ga.

Pijemo i jedemo polako, zabavljeni svojim mislima, sve lagano, da ne narušimo svečanost trenutka. Prosto pažljivo, hvatamo miris hrane, osećamo ribu i vino na nepcima, puštamo da hrana iscuri u želudac.

Ko zna kad ćemo ponovo biti zajedno, ovako ili bilo kako.

Slutim da bi me ćale pitao hiljadu pitanja, ali se suzdržava.

— Ne brini stari, imam jakog čoveka, a posle ću gledati da se snađem, da počnem da radim nešto, bilo šta za početak — tešim ga.

Gleda moj pištolj, odložen na dohvat.

— Pa, ne baš bilo šta — ispravljam se.

Završavamo bocu, lagano je uz jelo ispijamo.

— Ćale, svaka čast, bolju ribu davno nisam jeo.

Drago mi je, trudi se.

— Može li kafa?

— Vala može.

✳✳✳

Gledam na sat, planiram pakovanje i da skočim do nje da se rastanem i raščistim vezu, nabacam nešto malo stvari i onda sa ovim insektima skočim preko grane, tamo nađem čoveka, pa posle kako god bude, do kad bude. Odjebujem da razmišljam unapred, prihvatam šolju kafe i usredsređujem se na topao ukus.

— E, odoh da se spakujem — ustajem.

— Ja ću do kafane, vodim ove moje sa straže na piće. Ostavljam jednog klinca, tu kod garaže, javi mu se kad odeš, a ja ću po njega da dođem, a ja i ti sutra po dogovoru, dolazimo po tebe, okej?

— Okej, rešeno.

Brat odlazi. Penjem se na sprat, gledam, izbacim na krevet sve stvari koje mi trebaju i polako se odričem pojedinih — ne mogu sve poneti. Parfem odnosim u bratovljevu sobu i ostavljam na vidnom mestu, šmekeru će značiti, ionako ga je on više trošio.

Neko kuca na vrata. Ćale.

— Sine, evo ti nešto para, možda će ti trebati.

Ostavlja na krevet švajcarske franke, kućna ratna rezerva, znam.

— Ma... — dvoumim se, ipak prihvatam. Ostavljam ih pored dedinog svežnja koverata.

Gledam na sat, puštam joj poruku. Vreme je teret da odvežem, ovaj balon mora daleko.

Gde si?, šaljem sms.

Glava me boli, već sam u krevetu. Ti?

Već u krevetu?

Spreman sam, malo meni vremena treba kad se žurim, mozak mi tad radi jako, precizno, bolno obraćam pažnju na svaku sitnicu i racionalno trošim vreme.

Šaljem poruku, a već sam kod garaže.

Šta ti je? Možda od vremena, muči se pred kišu. Evo me kod advokata, biću par sati tamo, da vidim šta se može učiniti.

Pametno. Javi se kad završiš, stiže odgovor.

Važi, laku noć.

Već sam uhvatio dobar pravac, pod adrenalinom trčim kao lud. Hoću da proverim, nešto mi ne da mira. Loša slutnja. Ako je sve u redu, sutra ću, imam vremena, raskinuti sa njom, ako stvarno spava, okrenuću tiho oko kuće, sedeti na našoj klupi, zapaliti koju cigaretu i gledati u njen prozor. Možda preskočim ogradu i budem na našem mestu, gde smo prvi put bili jedno, tog maja. Ćale, dok je bio prisutan u ovom vremenu, bio je vrlo strog, sve joj je branio. Jedne noći, uz moju pomoć, kroz prozor je izašla, hrabro na merdevine stupila, i u travu, i na jaknu.

Život nema milosti kad i lepe stvari skrnavi novim ružnim delima. Oboji mučno čak i ono najlepše, ugrozi sećanje, kao dokaz da se volelo. Jebeš mržnju, svako može da mrzi.

Možda nisam bio dostojan ljubavi.

***

Iskačem, usmeren na bes, u dva koraka sam pored džipa, hvatam ga kao kandžom svojom levom za njegovu levu ruku, nehajno izbačenu, privlačim divlje i drškom pištolja gađam unezvereno lice, pogađam jagodicu, ne previše silno. Jak je, skoro čupa ruku, brzo se povratio, pomera celo telo, sa sedišta se izvija, ali mu besno drugi udarac smeštam na arkadu, puca i kao da krv leti, ne znam, ali znam da moram da patentiram taj šok po arkadi, dobro mi ide. Nastavljam sve teže sa udarcima, tesno je, nogom se odbacuje od vrata, levom, beži od mene. Ona vrišti. Najzad uspevam da mu smestim udarac posred zuba, čujem kako puca, izleće, šta li, uuu, gadno, gadno.

Hvata se za lice i savija, pokušava da psuje, krklja, pljuje krv. Pustio sam mu ruku, nema sad veze. Jebote, mislim. Ona uplašena, u ćošku je sedišta, on ćuti. Traje to kratko. Repertiram, da čuju. Iza maske mi lice, desna ruka unutra. Spreman. Pomračen, uma u crnilu.

Gledam nju, panična, rasute kose. Kao tuđu, prvi put viđenu osobu.

Na stazu izlazim, obasjan farovima, na par metara i razmišljam grozničavo, da ga roknem? A zašto?

Logično pitanje. On mi nije ništa kriv, brani ga neko u meni. Taj me nervira, ko je taj što sme tako da pita?

Da ga roknem, preplavljuje me talas. Ne bi bilo prvi put, nekog, ali ne ovako.

Ne, ovo nije, nastavlja branilac u meni. Ovo nije...

Jebem ti argument.

Ovo nije, ovo nije... Pičkica.

Šta nije? Šta, moj kurac, nije?

Ovo je ono što ja kažem i uradim. Sada. Baš sada. I gotovo.

Vraćam se besan do džipa, otvaram njena vrata, maramicom pritiska njegovu kašu. Za kosu je grubo izvlačim.

A ako roknem njega, moram li i nju?

Grčevito se otima, drži se, pokušava.

— Nemoj — kaže, razmazanog lica, od šminke, suza. On pljuje krv, drži se za zube, teče mu između šaka, razliva se sukrvica po tamnoplavom odelu. Gledam ga u ruke, da ne potegne nešto, a ne smem da govorim, glas da mi ne čuju, prepoznaće. Njoj drhte noge.

Bože, držim grubo njenu kosu levom rukom, miris njen osećam. Bože, koliko sam ja ovo voleo? Ovo drhtavo stvorenje. Njenu meku kožu, to kako zatvara oči dok je talas zadovoljstva prelama, grči joj lice, to kako se mazi i uvlači kad je hladno. Uzima dušu kako ljubi, kad je nežna. Bože, koliko sam ja ovo voleo.

Nisam znao.

I shvatam, on mi nije kriv, baš ništa. Nije, jer da nije nje, ne bi on. Znam to. A ako nije ni ona kriva. Ko je kriv? Ko?

Oslobodim je.

Nije mi kriva iako znam da jeste.

Ne govorim ništa, puštam u strahu da drhti, a onda zgađen, zgađen svim ovim što mi je učinila, guram je, guram besno pored džipa, prezrivo odbacujem. Labavo, lagano se spusti pored džipa, kao džak.

Znam, prepoznala me je, oči, oči mi je prepoznala i možda dodir, pamti ga u nekom delu. Zna li koliko sam je voleo?

Nema veze, baš sad nema veze, i teško se i lakše osećam. Odlazim, tiho nestajem u travi, senke hvatam, pokrivam se tamom da lakše mi je.

Jebote, ljubav je strašnija od rata.
Ovde garant gineš, u ratu neko i preživi.

Isto veče, očajan i pun gnoja, pod slabim svetlom meseca i grada, besno iskopam rupu za dedin sanduk i za Žaka Mustaka u njemu. Obavijem, pokrijem, postavim drvenim gredama na dno rupe. Vratim busenje, navučem granje, zamaskiram tragove. Krenem kući, na tuširanje.

Bing. Poruka:

Jebote, ti nisi normalan, ali ako, svi te pozdravljaju. Ti si ga, a?

Zovem.

— Gde si? — pitam kratko.

— Evo ispred ambulante — javlja se iz neke graje, smeje se.

— Jebote, pa ti si mu zube napravio na klavirsku... — dobacuje neko, Zeleni? Kroz smeh.

— Ko ga jebe — smeje se, pokušava nešto da kaže, kroz smeh, ne razumem ga... (Čajkovski? To je rekao?)

***

Kovano gvožđe, uređen vrt. Vodoskok. Šišana trava. Engleska. Preskačem ogradu od kovanog gvožđa, gazim po engleskoj travi, kroz sredinu travnjaka.

— Stoj! Ne mrdaj! — zaustavlja me oštro sa uzvišenja, sa parkinga, gorila iz obezbeđenja. Dotrčavaju još dvojica, ozbiljni, naoružani. Prvi škorpionom.

Miran sam:

— Kaži Dedi da hoću da pričam sa njim.

— Nije on Deda za tebe — prepoznaje me Savetnik, bivši advokat. Odnekud se pojavio.

U bašti ručak, Deda i neki bumbari. Savetnik mu šapuće. Deda se izvinjava, ustaje i dolazi. Sklanjamo se na parking, iza zgrade. Već su me pretresli, bez oružja sam.

— Još si ljut na mene?

— Još — klimam glavom. — Mogao si da zaustaviš ono.

— A možda bi pucali na nas.

— Možda — sležem ramenima. — A možda i ne bi.

— Znaš da nas traže, ovi sa Zapada, dobio sam proveru.

— Nas?

— Da, nas... Ne, tebe ne...

Sležem ramenima, opet.

— Ko? — kao ne znam.

— Ne znam, ali mi se ne ide njima u ruke.

— Jebeš ga, odrastao si čovek. Iskusan — podjebavam malo. Vraćam, zna.

— Aha — ćuti. — Što ti trebam? — prekida.

— Kaži Stoletu da ne dira moje, ni oca ni brata. Nit on, niti bilo ko — gledam ga u oči. Njegove mutne, blago krvave.

Pokazujem glavom na njega.

— Ti mi garantuješ.

— Ja? Šta ja imam veze sa Stoletom?

— Ej, majore, zajebi to.

Znamo se, mislim.

— Dobro — kaže posle dužeg ćutanja. Težak je za te stvari.

— Ali, kvit smo posle toga.

Kvit, majore.

Imaš još sa Gospodom da središ račune.

***

Savijen, umotan, pokriven ćebetom. Osluškujem glasove i muziku, naslagane prazne kante za gorivo na mene, smrde. Ubedili me da je ovako najbolje, iako sam ja bio za klasiku, poljem, livadom, preskočim granicu. „Ma daj", kažu mi. „Što da se znojiš? Kao grof ima da prođeš."

— Ej — viče brat. — Šta da stavim u sendvič? Senf?

Ovakvo ophođenje sa grofom? Strašno. Senf?

— Može — tiho odgovaram.

— Evo ti — razgrće ćebe između kanti. — Aaa... Što ti ne izlaziš?

Gledam ga ležeći. Zbunjen.

— Pa... Kako?

— Bre, izlazi, od kad smo prošli — smeje se.

Iskobeljavam se, smrdim na benzin, naftu, kante masne, crno hvata.

Sede, cela grupa, na belim plastičnim stolicama, jedu i piju pivo iz limenki, ispred neke šupe, sa velikim *Koka-kola* znakom. Na ćirilici. Neki kiosk, viršle i to. Treba mnogo mašte da zamisliš to kao kiosk, ali ajde. Prate situaciju preko, ka pumpi, okolo gužva, kolona, naši kao naši, obično neko glumi ludilo, pa pokušava preko reda, psovke, svađanje, ovi se smeju, komentarišu ležerno.

— Ej — kažem, kad su skrenuli pogled sa pumpe. — Pa kad pre? Jebem ti granicu.

— Ma ko ima vremena da gleda poštene švercere — dobacuju.

— A mi, bato, spašavamo narod od ničim izazvanih i...

— Nepravednih... — ubacuju se svi horski. — Sankcija!!! — smejemo se.

— Sedi ovde — pokazuje mi brat i tutka viršlu sa senfom boje graška. Nešto mi je čudan senf, ali ne pokazujem već grizem zdravo.

A je l' vam rekoh da su sankcije ukinute?

Ali ćutim, neću da im kvarim način života. Naviklo se, malo goriva, malo cigara, par viskija i dve kutije čokolada, žvake i trenerke, farmerice i ženska kozmetika, ostane nešto, pretekne koja marka.

Objašnjavaju mi poreklo goriva, radnici na bušotinama odvoje par cisterni za sebe, ili ovi radnici na utovaru tankera sipaju koju desetinu tona više, ili se ugrade česme, pumpe na naftovod, pa se ilegalno toči ili... Dosta, kažem, shvatio sam. Vrtim glavom.

— Evo pivo, Šumensko — pocrtava Zeleni. Kao mnogo dobro.

Završavamo sa jelom, a situacija se prati pažljivo, gleda se na sat i prati parkiranje vozila iz pumpe, na službenom parkingu. Čekaju svog čoveka. Iznose mi torbu, pozdrave se i pola ekipe, posle kratkog dogovora sa mojim bratom, odlazi ka pumpi. Deo nastavlja ka magacinima, na drugom kraju grada, znam iz priče. Ne pitam previše, ali imaju poverenja.

Ćutimo sa bratom. Nismo se mnogo puta rastajali u životu, ali je uvek bilo gadno. A njemu je teže, izgleda.

— Znaš gde ideš? — preuzima ulogu starijeg brata, iskusnijeg. Na svom je terenu, sa svojima, pa ga ponelo. U svom elementu.

— Znam — kažem tvrdo. — Ne brini, biće okej.

Dogovaramo se o vremenu i načinu sastanaka. I vrsti komunikacije. Pokazuje mi iza šupe deo starog zida, šupljinu, ako treba da ostavim poruku. Proveravaće. Ništa telefon.

— Idem — kaže. Moj mali brat, ozbiljan kao nikad. Ali ne odlazi. Rekao bi on još nešto. Slabo mu idu reči, mnogo je bežao sa časova jezika.

— A... idi — skraćujem. Naređujem. Teško je i ovako. Zagrlimo se kratko.

Odlazi, seče put, prema pumpi i gužvi, kroz jadno rastinje i prašinu, vise plastične kese kao zastave sa trnja. Sve se osvrće.

Sve mislim da bi voleo da bude u mojoj koži.

Pali cigaretu, okreće se i maše, a onda nestaje, silazi ka pumpi.

Krećem brzo, poznajem taj deo, niske kuće, malo dvorište, sparušeno drveće. I sve kuće nemalterisane. Crvena cigla. Ili siva. Brzo nalazim ulicu, tamnoplava kapija, betonska staza. Nepoznato cveće pored kapije, ogromnog zelenog lista i čudnog slatkastog mirisa. Otvaram tešku kapiju i nailazim pravo na sitnu staricu što sedi na klupi, naslonjena na zid kuće, ruku nemoćno spuštenih u krilo. Sva u crnom, isprano crno tačnije; od starosti odeća već izgubila boju. Posmatra me bez reakcije, tužnim očima.

— Dobar dan — kažem.

— Dobar — kaže. — Dobar.

— Ima li ga Gošo tuk?

— E, ima ga — kaže. — Ali neje tu.

— A kad će da dođe? — uporan sam.

— Će dođe — vrti glavom. — Uvek dođe.

— Pa... da ga čekam — sležem ramenima poražen.

— Ako, ako... Čekaj.

Nešto mi to deluje kao: „ako imaš vremena čekaj".

Vremena za bacanje.

Ubacim se u meditaciju. Vala, prođe čitav dan u čekanju i ćutanju. Ja sa neizvesnom budućnošću, još pod tenzijom, sa problemima gurnutim u stranu, koji, onako, peku, mučki.

Starica sa sigurnim krajem, kao što i čeka sve nas i ja sa mutnim izgledima za normalana život, svodimo račune, prebiremo po sećanju, merimo, odbacujemo, sudimo. Šapuće nešto, likovima koje samo ona vidi, zagledana u prazno, kao da govori. Bole li reči što ih nismo rekli? Znače li nekom naknadna objašnjenja? Ili tako smirujemo sebe, jer nema bezgrešnih i nema onog kog uzaludnost ne dotiče, ma kad, ma gde.

Trgnem se, navaljujem na sebe dodatni teret, a za koji nisam spreman. Možda nikad neću ni biti, no sad mu vreme sigurno nije.

Trgne se i starica iz svog, pretpostavljam košmara, pa donese kafu i ratluk, a vodu u staroj čaši sipa na dvorišnoj česmi i onda ponovo potone u maglu. Tu je, a kao da nije. Odnegde se pojavi mačka, lenja kao sve mačke, žuto drečavo čudo, i posle kratkog umiljavanja, prostre telesinu na suncu i slatko, bez briga zaspa. Mislim da nema čoveka koji nekada nije osetio zavist prema psu ili mački, kad se bezbrižno prostru bilo gde i zaspu, bez briga i tereta. Od dosade, suvom travom, mačoru remetim san, brkove mu diram. Mrda, frkne malo umesto protesta, ali se ne budi, samo namešta ogromnu glavu i traži bolji položaj.

Ukočim se na drvenoj klupici, prešao sa stolice, umoran. Ovde vreme ne prolazi. Stalo je negde u ćutanju starice. Od mnogo vremena za razmišljanje može da se poludi, kao mornari na brodu, izmišljaju aktivnost i pranje palube. Inače, začas se jalove rasprave pretvore u tuču i bockanje nožem.

Uhvati i mene taj jalovi posao: „šta će biti ako bude". Zamislim se, hoću li i ja, ako doživim starost, tako biti umoran od svega, od života, čekati u nekom ćošku. Nepotreban, svima suvišan teret. Mnogo puta sam čuo od starih žena, njihovo čuveno: „Čekam da me Bog pozove". Boli ovo, žiga ono, muči me treće, ne znaju doktori šta je. Smrt više nije ono od čega se zazire, već prirodna potreba i dugoočekivani mir, logičan kraj. Ma neću biti ni prvi ni poslednji, svako od nas zna. A opet, najviše se drže života kad slute kraj. Tad sve ima smisla. Bol i patnja su tad lakši. Čovek tad zapaža stvari koje su mu bile uobičajene, kroz koje je protrčao, a onda vidi lepotu blistavog dana, nasmejane oči deteta, snagu i lepotu drveća, žilavost trave i upornost pauka. Sitnice, možda.

Zajebem se, pa dopustim sebi psihoanalizu, umrvi me i stopi, budem prašina, dopuštam fatalizam. Neće moći! Borba je osnov svega i pokretač ovog čoveka. Taman se uspravim, sebe svestan, kad se najzad nešto desi.

Uđe čovek u dvorište, temeljan i jak, prodornih očiju, te prvo na meni zadrža svoj težak pogled.

Kroz sećanje izvukoh lice, davno sam bio ovde, kao donosilac dobrih vesti. Prepoznajem ga, ali nisam siguran. Malo me zbuni njegova reakcija, tačnije, odsustvo reakcije.

Odjedanput reče, kao da je držao vazduh:

— Slava Bogu — i razvuče osmeh.

Ehej, lakše se diše. Sa olakšanjem se nasmejem.

— Mamo, znaješ li koi e tova? — meša srpski i bugarski, kao svi ljudi oko granice. — Toi e čekal Kiril, a negov vujčo ga e prehvrlil v Francia.

Jebiga, taj moj ujka je čudo, probisvet, ali sa stilom.

— Pa gde si ti, priatel moi? Kolko se ne sme videli, a?

— Pa, ima dosta — kažem i razmišljam. Mnogo bogami, vrtim glavom. — Beše još komunizam — kažem.

— A pri vas, lošo, lošo, rat, embargo, majnata da mu eba.

— Ma malo se kao puca, pogine neko i tako, kô na vojna, što vi kažete, mora da ima meso.

— Da, malo — smeje se. — Neče da bude da e malo, no dobro, ti si znaješ... Ajde, vlizaj. Daj rakija mamo, dojde dan dug da vrnem — presrećan.

— A naš li Kiril? — pita majka, a oči joj sijaju. Pogled joj bistar.

— Da majko, naš Kiril.

✳✳✳

Imam ceo dan za sebe. Rano ustanem, probudi me sunce, prosto eksplodira belina u istočnoj sobi okrečenoj u belo. Na zidu se naziru tragovi plave boje, valjkom nekad pređeno. Uvek me pogleda strogo lice nekog dede sa crno-bele fotografije, uramljene. Zamišljen; taj nije trpeo neradnike, prek mi deluje, spreman da podvikne. Ali navikavam se na njega, on mora na mene. Ustanem i hladnom se vodom umijem na česmi u dvorištu. Miholjsko leto, što bi rekli oni iz vremenske prognoze. Baba već kafu stavlja, a onda u ćutanju pijemo dok mi se oko nogu muva Belka, kokoška koja me je prisvojila, pa često na drvenoj dasci, gde sednem, čučne krotko i sedi pored mene. I kljuca, kad ima šta, iz ruku. Mačor kako kad, voli na moje noge da se sklupča, a odnegde i komšijski pas dođe, sitno mršavo štene, pa bojažljivo, da ne smeta, spusti glavu na šape i posmatra me ispitivački. Ceo dan bih mogao tako, smiruju me ove životinje što su me odabrale kao naslon. A baba mi čita misli. Dugo sama, sinovi razvejani po svetu, svako svoju borbu, na ćutanje navikla, nit šta ima da priča, nit mi šta može pomoći. U čekanju sam nečega. Posla, pokreta, vesti, bilo čega. Ali se nateram da, iza, u šupi treniram. Namestio Goša vreću za boks, od neke izlizane kože, oljuštene, pa prosto mami da se ošine po njoj. Kao neki ljudi, koji su kao stvoreni za pesnicu u nos. Prija mi, ispod strehe, da izbacim nervozu. Redom, kao protivnike, zamišljam. Nekad Škrbića, manje Karfiola (gadno mi njega, ljigavca, da ponovo bijem), ali najčešće Koleta. Volim da ga bijem med zamišljene oči, tačno pobesnim. Onog, onaj Sila... njega ne mrzim, ništa posebno. Dobio je svoje od mene.

Ali kad me Bol na nju podseti, onda golim rukama udaram vreću, batalim rukavice. Da boli, da sa duševnog bola pređem na fizički. Ne, ni nju ne mrzim. Duboko zadirem u sebe, izvrćem se na različite načine, kopam i vrtim po duši. Ispitujem se kao najgori gestapovac, tražim crva sumnje, mrvu mržnje, nečega, ali nema, nije ni bilo. Nema ni ožiljaka. Jer ne može ostati bez ožiljaka, niti ne sagoreti neko ko mrzi.

Trag mora da postoji.

Nema.

Ali se pitam, kažnjavam li sebe za nešto, to što golim pesnicama zanosim udarcima vreću, trnu prsti, puca gola koža?

Ne. Nije ni to. Prosto se dobro osećam.

Ili se prosto savršeno dobro lažem.

Ko će znati?

Nek izađe mržnja i sve loše, kroz znoj. Pomerim se od boks vreće rasterećen.

Par puta me Goša gledao kako napinjem vreću, pa kao neko ko je trenirao boks, ispravljao me u hodu, pokazivao gard, trikove, udarce. Brz je, opak. U formi. I ume da pokaže bez oklevanja, kao stariji brat da mi je. Nekad trčim do reke, kroz polje i lišće što opada, a nekad samo radim na vratilu, podižem sebe, mišiće naprežem, obaram sopstvene rekorde. Dan za danom. Kad nemam protiv koga, sebe izaberem kao protivnika. Ovaj od danas mora biti jači od onog od juče. Ne slabiji, već snažniji. Onda dugo sa Gošom pričamo o svemu. Težak život ostavio traga na njemu, rano ostao bez oca koji je stradao u nekoj čistki, nije umeo da drži jezik za zubima. Nije savijao glavu, govorio u lice šta je mislio, prozivao nesposobne i neznalice. Nestao, odveden, reč ga ubila. Decu „narodnog neprijatelja" samo ulica prihvata sa osmehom. Lažnim. Te ga taj život na ulici jako formirao. U zatvoru se navukao na knjige, otac mu mnogo čitao, prvo zbog dosade, a onda iz zadovoljstva. Slušam ga pažljivo, reči su mu precizne, duboko analizira, pamti, zapaža. Čula se izoštre međ zverima zatvorskim, kaže. Pričamo dugo, otvaramo se, poverenje je nekako spontano. Nađu se ljudi, nekad slučajnom saputniku u vozu poveriš najveće tajne, ispovediš najveće grehe. Izložim mu situaciju, korak po korak, uz potrebna objašnjenja. Vrti glavom. Nećeš ti još dugo nazad, kaže. Mnogo su jaki. I traži mi posao, teško je, ali za takve ljude koji su u bekstvu i ne mogu mnogo da biraju nađe se nešto. Rizik se podrazumeva. Čekam, već blizu toga da načnem ratnu rezervu, iako minimalno trošim. Pomažem oko kuće, pa i u komšiluku popravim nešto, što znam. Prenesem, unesem. Stariji ljudi ostali, godine pojele snagu. Vide da imam vremena, umem da slušam, iskustvo tuđe me uvek zanimalo, neko ti pokloni sve što je u životu video, kroz reč te nauči životu. Lakše je, vreme prolazi, retke poruke brata kazuju da sve je u redu i da ne brinem. Baš zato brinem, znam da laže. Taj ne ume da laže, uvek provalim. Ne vredi da razmišljam o tome, samo se nerviram. Svesno to gušim, ne mogu da im pomognem. U stvari, mogu, ali ne razmišljam o načinima.

Kad ne treniram ili ne šetam pored reke, sedim u delu kuće, što na spratu ima kao malu terasu, obraslo cvećem, kruška iz dvorišta delom ušla, lijane se protežu i pipaju po krovu. Sama kuća je od kamena i blata, zemlje, stepenice su drvene, nekad je bila svetlo-plavo obojena, sad je boja u tragovima. Otpada zemlja, kljuju ptice. Sakriven u toj džungli, opijen cvećem i mirisima, gledam kroz lišće na stari deo grada, sokak sa starim kućama, niskim. Put vodi ka kaptiranom izvoru, cev pušta hladnu vodu, jak mlaz reže. Starci često idu, dokoni ili željni vode i razgovora šetaju i pričaju ili samo da sete se nečega, prođu. Često vidim prizor koji me zbunjuje. Jak čovek, prosto div, desne ruke nemoćno puštene uz telo, kockaste face i kako mogu da procenim, izdaleka, nosa bez hrskavice, često tu prolazi. Zamišljen, zastaje. Leve ruke zauzete cigaretom. Stoji, kao da je zaboravio gde je krenuo. Ne, ne zbunjuje me on, ima dosta zamišljenih ljudi, duha dalekog, već što mu odrasli momci i devojke prilaze sa velikim poštovanjem, hoće desnu ruku da mu poljube. Nije sveštenik, nema mantiju, ne deluje kao neki vođa mafije, nije obučen gizdavo ili elegantno, već jako skromno, staro i izlizano. Deca i mladi, od oko dvadesetak godina, nekoliko istih se, upamtio ih, sa velikim poštovanjem odnose prema njemu. Ali najviše me zbunjuje žena, stara oko četrdesetak godina, glave pokrivene maramom, što uvek na kolena padne i sa dubokim poštovanjem mu, desnu beživotnu ruku poljubi. On, zastane, dirnut, uvek odbaci cigaretu iz leve, pokušava da je podigne ili je često samo pomazi po glavi. Ne dešava se svaki dan, ali kad se zateknem na terasi, obavezno se na prašnjavom putu desi ta scena. Posmatram ih u trenu zamrznuti, spojeni nekom silom, jače nego bilo šta što sam video da se dešava između muškarca i žene.

Grad, iz tvrdog komunizma ušao u divlje razvlačenje svega, divlji kapitalizam. Stepen siromaštva mi je nepojmljiv, ali me grad, taj stari deo, osvaja nekom čistom energijom. U trčanju do rečice otkrijem zidove crkve, u pokušaju da ponovo bude crkva. Bila nekad zadružni dom, magacin cementa, zidova išaranih, fresaka isečenih, puna prlavštine. Opoganjena. Ali jakih temelja, lepa. Nekoliko starih ljudi pokušavaju da srede dvorište, zaraslo u korov i šiblje, puno starudije i nekakvih burića, prekrivenih rđom. Ruke im vične, sekirom seku trnje, ali umorne, traže odmor. Pomažem, prija mi rad. Pokazuju mi staro drvo duda, obavijeno peškirom, darovano raznim predmetima, u dvorištu crkve, na kraju. Moćne krošnje. Sveto drvo? Ne objašnavaju te ne razumem da li je to privremeno, dok ne dovedu crkvu u pravo stanje ili...

Baš bih pitao, ali nemam kog, kao tajna im je, zid ćutanja.

Ali se mole. Iskreno duboko, pričaju tiho kao sa živim čovekom. Tu i tamo se pojavi neko mlad, stidljivo se drži, nesigurno krsti. Usred molitve kojoj zahvaljujem Bogu što sam još živ, osetim pokret. Žena, poznata, iz sokaka, ista marama. Lepota nenačeta godinama, snaga ista kao kod devojke. Ona je tu, ali, ne čujem da su joj reči pune molbe u molitvi već razgovetno čujem i razumem, da su joj reči pune zahvalnosti. Blizu mene je, sa leve strane, na tri do četri koraka. Sa njom, sin verovatno, lep dečko, trepavicama dugačkim pokrivene oči. Mislim da se i on zahvaljuje, spokojan, smiren. I ostali, koji dolaze i odlaze, su ispred duda predani bez ostatka. Traje čišćenje crkve, iznosi se šut i slomljena cigla, tera prašina. Nema neke vidljive organizacije, svako procenjuje šta mu je raditi i koliko može. Ali dan za danom, crkva izranja iz tame. Bukvalno. Divim se tim ljudima. Njima da.

Kažem Goši šta se dešava oko crkve. Dugo razmišlja, ne govori šta misli. Ne uspevam da pročitam na njegovom licu ni odobravanje nit... Ionako mu emotivnost nije jača strana. Na obali smo velike reke, u maloj kafani, skoro na obali stolovi razbacani bez vidljivog reda, sedimo i uglavnom piljimo u reku, čitamo njene brazde. Ka našem stolu se uputi div, kockastoga lica. Goša ga pozdravlja sa velikim uvažavanjem, a i svi u kafani učiniše gest javljanja i poštovanja. Upoznajemo se, moja ruka nestaje u njegovoj levoj ruci, tone u ručerdi diva. I on gleda u reku.

— On me je učio boksu — objašnjava kratko Goša. Div se smeje kao neko dete, bezazleno. Zamišljam ovog u ringu, kao protivnika. Za to vala treba imati muda. Vrtim glavom. Ovaj ako pobesni, ako iko uspe da ga natera da pobesni.

Gleda me. Ne sklanjam pogled. Nije njegov pogled ni opasan niti izazivački. Nema nikakve pretnje u njegovom ponašanju. Blaga priroda, skoro stidljiv. Popio je sok, odlazi svojim putem, redovna šetnja pored reke.

— Toi e tuk, šeta... dan za dan — kaže Gošo dok ga prati pogledom.

I dalje nešto ne shvatam. Podižem obrve.

Pokazuje mi skroz naviše, ka reci, nešto ispred mosta, nešto belo.

— Vidiš li to belo? To e spomenik, spomen, razumeš?

— Razumem — klimam glavom. — Neki spomenik?

Goša počinje da govori brže, slušam.

— Bio e golem bokser, takv ne beše u nas... treniral e za Olimpijada, razumeš, jak, zlato da uzme, nekoj ot Kuba go e čekal i Rus, no ništa — odmahuje rukom. — Ništa za njega.

Nastavlja uzbuđeno, kao da nije imao kome da priča ovu priču, pa sad kulja iz njega.

— Tu, gore, zima, autobus sa mnogo deca... razumeš me, od most padne u vodu i... — traži reč, zastaje dok grozničavo pokušava da nastavi. — ... I počne da tone. I on, Metodi... toj, tičal, trčal (meša srpski i bugarski) i kogato... kad autobus... toi (pravi pokret rukom) slomil staklo i počnel da izvlači (Goša pokazuje kao da je lično gledao), da izvlači dečinja (počinje po makedonski), znaš, razbiraš me? — kao vapaj pitanje. Gleda u mene, jako unesen u priču.

Klimam žurno glavom.

— Iz prozor, a autobus tonul brzo, tu... — ponovo traži reči — strašno bilo, deca plačala od strah, vikala znaš... kako kažete vi?

— Da, da, razumem — ne skidam pogled s njega. Slutim da je mnogo loše. Muk u maloj kafani.

— I kazvat da toi ulezal u autobus, kroz prozor, koj popadnal na levi, leva strana... i počnal da vadi deca, došli hora sa lodki, čamci koj bil od ribari, svi... A autobus se punil sa voda... Deca počnala da se dave, toi vadil, lanac se napravil, edan čovek skočil od lodka na autobus... — pa pokazuje, ustao je nesvesno u uzbuđenju, kao da lično dodaje dete — no voda bila silna, zimsko... toj skroz uleznal u autobus, a veče potonal autobus, može da e ostanalo polovin metar da, sve bilo pod voda, razumeš?

Gleda me.

— Toi ronil, unutra... razumeš?

— Da ronil, da — ponavljam. Klimam glavom.

— I Metodi ulazil pod voda, dete po dete iznosil, a voda nosila — pokazuje obema rukama levo-desno — silno, silno.

— I... posledno dete što izvadil e na edna lepa žena, to i ništo, za malko i toi da se udavi, bile e jak, silen, mnogo deca e spasil... izleznal i odma autobus nestal... gotovo.

Pokazuje rukama gotovo.

A to ostaje da visi u vazduhu sa strašnim efektom na sve koji smo gledali u njega i slušali.

Nastavlja tiho, sasvim nepotrebno, više za sebe:

— Veče na drugi nemalo spas... nikoj, nikoj ne možal da spasi.

Ostade da visi u vazduhu.

— Nikoj.

Kafana je mala, svi slušaju kao omađijani. Grad je mali, svi znaju nekoga ko je bio u tom autobusu ili je učestvovao u spasavanju, svi su zakačeni tragedijom, nikog nije poštedela. Ožiljcima išarani, nose to sa sobom, za šankom plače stariji čovek, sa kapom-kačketom, izlizanim od nošenja, nagnut nad čašu, plače, ne krije se, već je u dubokom očaju. Tačno vidim kad suza skliznu i pade, u čudnom trenu, na šank.

— Pančo, izvini druže, izvini prijatelu.

Goša ga grli.

— Nisi ti kriv — kroz suze govori čovek. — A što Gospod ne dade moje da spasi? Što moje...

Preostali ljudi okreću glavu, kriju pogled, puni suza, kao da se nisu tad isplakali, pa je ovo otvorilo branu, ili je bol toliko jak da ni suze ne pomažu?

Osećam se nekako odgovornim što sam pokrenuo Gošu da priča o onome što ceo grad oseća kao stalnu ranu. I deli svoj život na deo pre tragedije i posle nje.

Grči mi se lice, Goša sedi i pije rakiju iz velike čaše. Pančo se smiruje, briše suze i pali cigaretu, zagledan u vreme pre, verovatno.

Izlazimo, kao nokautirani. Belasa se ispod mosta, beli spomenik, ne vidim dobro šta predstavlja, neka figura je. Ćutimo do ispred kuće.

— Dobro je što sam nekom to kazal — kaže iznenada. — Kao da otrov beše — pokazuje na grudi. — Beše vreme na komunizam, nigde se nije smelo da kaže što se desilo. Dvanaest deca ostalo u autobus. I vozač, što mu je bilo, ne zna se. Dvanaest semejstvo potonalo.

Ulazimo na kapiju. Opet zastaje.

— A Metodi, od tad mu desna ruka... — traži reč, premeće. — Skršila, ništa, suva, pukla kato grana. Ni za život, ni za boks. Ništa. Golem čovek, golem.

Klimam glavom. Ljudina.

— Osamnaes spasil — nastavlja dok odsutno mazi mačku nogom. — Duši osamnaest — a kao da priča nekom koga ja ne vidim.

Sedamo, hladno je, mrak ranije vlada, majka ga upitno gleda. Prvi put vidim u njenom pogledu brižnost. Prvi put njen pogled nije prazan. Već pogled majke. On ne gleda u nju, čudno usporen. Odsutan.

Ali ima još od ove priče koja lepi grad teretom.

— A ta žena, lepa, možda si je viždal, ona, ona, njen sin beše poslednji, poslednji, razumeš? Zamalo da i toj da zamine — pokazuje rukom.

Ćutimo. Ja nemam reči za ovo.

Bolje da nisam znao. Kao u talasima nanosi mi život bol, saznanje o patnji ljudi, u svakom mestu, u svakom delu gde su ljudi patnja je sastavni deo njihovog života, prilepak koji se dobija rađanjem. I niko, mislim da niko nije pošteđen iskušenja, tovara života. Kao topionica gde se obrađuju duše, pa da najčvršća ostane dosledna, i posle svega kaže: „Bože, u Tvojim sam rukama, ma šta bilo". Koliko ljudi znate, koji se posle svih muka, obraćaju Bogu sa istim žarom, da ne popuste i ostanu verni? Mnogi padnu, ne shvate, ne prime teret, već ih život zgazi. Taložim viđeno, čujeno, pročitano. Sloj po sloj. A strah me je, da me ne pokrene nekad, pa da ispovraćam kao otrovan čovek živu, ili mačije dlake, klupko što grči želudac i izaziva gadan smrad. Za sad upijam, a čini mi se da mi je već krenulo. Ne možeš sabiti u nekog baš ovog sveta.

Ili prelije ili puca kao staklo. Odakle ovoliko mesta u meni? Vrtim glavom. Plašim se, ne za sebe već onoga što slutim.

***

Rano sam ustao, jutra su hladna, već reže vazduh. Tražim sebi zabavu, gledam po dvorištu gde je psić, da ga pomazim, tužnog. Goša se pojavi na kapiji, žuran, kao i uvek. Maše mi rukom:

— Brod, na brod ideš, za dva-tri dana. Super e!

— Kakav brod? Šta da radim tamo, ne znam ništa... — sležem ramenima.

— E, ma če naučiš. Super e toa. Idem da ti pravim mornarska kniška, pasoš mornarski — smeje se.

Našao mi je posao. Pijem kafu zamišljen, znam da ne mogu mnogo da biram. Krenem da pakujem stvari, pa odustanem. Toliko stvari imam da mogu da se spakujem za dvadeset minuta i to polako. Nađem dedina pisma na dnu torbe, sednem na terasu, da me nagreje zubato sunce i izaberem kovertu, pečat francuski na njoj i nešto mastilom napisano rukom, na francuskom, pedantno. U koverti pismo, dedin rukopis, prepoznam.

Moj pobratime,

Pišem ti sa željom da te moje pismo zatekne u životu i da ti rane zacele. Da što pre kući dođeš, na našu zemlju, jer ti boljeg leka nema.

Da znaš samo kako sad miriše trava i noga upada u meku zemlju vinograda, kad osetiš resko jutro i čuješ slavuje iz šume, zaboravićeš hladnoću i stud i opet ćeš da skačeš u novi dan.

Znali smo moj pobratime krv za ovo da točimo. Još me moje rane sećaju i peku. Ali se, slutim, zaboravlja, što smo i gde bili i koliko smo gladnu zemlju mesom svojim napunili. I tuđim, nismo ni mi bili meki, već vazda oštri i na nožu spremni, lake ruke i za bombu i za kamu. Znaju svi, što smo se nišanom gledali.

Onomad, do grobova roditelja tvojih, njihove večne kuće svratim, sveće zapalim, tvom ocu sipam rakije i vina. Žedna su usta ovoga raja, iako im kod Gospoda neće ništa faliti. Tvoj Dragiša je, Gospod mu dao laku zemlju, do kraja gledao niz put, fenjer nije gasio, silan petrolej arčio, samo da te dočeka.

Nije te siroma', zagrlio, željan tebe, jedinca ostao, a ja ne mogah da rečem kol'ko su ti rane teške, već sam, Gospod nek oprosti, starinu sedu lagao da imaš neki ćatski posao oko reparacije i da bez tebe ne može. Jer si na visoke škole bio i sam otac te je tamo slao. Da izučiš i dobro i zlo, i kocku i kurve i njihova jela i njihova vina, ali da znaš da kući te čeka tvoje i ničije. Silan je bio čiča Dragiša, još pamtim njega i mog Miliju kako lome čaše i tanjire, od besa besni, od života silni, pijani, kô dva brata vezani, iako nisu braća. Te njihovo druženje na nas ostade, te da ti rečem da me tvoje rane bole kô da su meni date, to već znaš.

Mi se svi u kući za te molimo Gospodu i naše kandilo uvek gori. Mali smo, sitni, Gospodu verni, te se nadamo da ćeš nam doći zdrav. Ne brini za ostalo, što našoj kući i njivama radimo i kod tebe pod red držimo. No našu muku niko ne poštuje, bilo kakva vlast samo uzima, bar da nešto se vidi i preteče, ali negde med glavonjama nestaje, u ponor duboki se preliva. Samo znam, osećam da Bog slatki naše muke sagleda, pa onaj što rukama svojim žuljnim pšenicu i lozu zavija, svojom mukom zemlju natapa, on je Gospodu mio i za njega Gospod posebnu milost ima.

Od dobrih vesti ima još jedna — tvoja kobila, ona lepa bevedija tužnih očiju, Vrana tvoja, sama od negde dođe, od ratu pretekla, ko zna gde se skitala. Samo jedno jutro čujem kako se kapija otvara. Čujem nešto čuka, rže, neko mi gura prozor, kad oči joj vidoh tužne. Brate moj, nisam plakao tol'ko od kad Srbiju onda napustismo, evo i sad mi grč u grlu, no se krijem, da me deca ne vide.

Izljubih je kô najrođenije, eno je iza kuće, slobodna, popravila se, četkamo je i mazimo, no oči su joj tužne. Nema tebe, pobratime, na uvo da joj šapneš ono nešto tvoje, da se mazite glavama. Od tebe sam zavoleo konje, Bog da mi prosti, još malo kô žene.

Od žena sam se manuo, da ti priznam. Zakleh se Bogu, ono kad najteže beše, ako me poštedi, ako preteknem, veran ću biti Golubici i veran sam. Nebo mi je svedok, veran na delima. Očima ne mogu, a da ne pogledam. Zna ova moja da mi oko šareno, ali smeje se, kaže da me voli baš takvog.

Nisam znao šta u kući imam, koje blago. Po ceo dan je smeh, da znaš da ne znam za granice kol'ko je volim.

Te da ti kažem kô što uvek sam znao da budem prav, trebao si Milicu od čiča-Svete da dovedeš u kuću. Takve lepote nema, mila i duševna, loše ništa ne radi, a kad dođe kod nas u dvor ili kuću, samo za tebe pita i sa mojom Golubicom ćućore i smeju se, pa me tera o tebi da pričam. Da dâ Gospod snage i zdravlja, čim dođeš odmah u kuću da dovedeš, da ispucam kô kum ovo malo metaka što se donelo. Proklet da sam, toliko vremena u blatu i u dimu baruta, ali mi je samo kad me čaure udaraju slatka rakija ljuta. Odakle to, ne znam, nit želim da pitam, ali znam da takve svadbe kô što tebi spremamo, neće dugo biti.

Ne rekoh ti, znam da teško ti je samom, tamo u Francuskoj, ali ti bar rane gledaju dobri ljudi i umni. Izdrži, svi se u tebe uzdamo. Izdržao si veća zla, i ovo ćeš. Inače, ja sam ti dobro, od kad nas bomba razdvoji na 805 koti, od tad i za tebe sam gađao. I vala, malo ko mi je pretekao. Otvrdneš kô suva zemlja, ne gledaš, žaliji ti konji, psi, i ne sanjaš mnogo već se predaš, pa šta bude, kom je suđeno, taj je ostao. Kom je rečeno, taj je prestao. I sve dobro beše, razbismo ih na nož, jedno ima sedam-osam dana kad tebe pogodi, kad u trku naletesmo, čelik na čelik, bajonet na zub, goreg klanja nisi video. Krenuli da zatvore brešu, sve na nas bacili. Uplаših se, Bogom se kunem, znaš da za strah nisam mario, uplaših se i ja i svi da bez otadžbine ostasmo, tu, ako produ, ako na nas naskoče, te postadosmo zveri — kidamo, režemo, koljemo. Svojim strahom u bes idemo. I popustiše, prvi njihov, stade talas, zastade pokoleba se, te okrenu se jedan, drugi i krenu bežanje. Ti znaš, krv se najviše daje kad se beži, leđa čim okreneš, a mi silni, jer silnom se ne sklonismo, opijeni, sve u blatu i krvi, krenusmo u strašnu seču, za sve da vratimo, tog dana sve da uzmemo.

E, moj pobratime, tu se ostrvih i zgreših, da kad se setim, ne seća mi se. Kad kažu da je bolje da sam pre ovoga poginuo no što ovo videh ili učinih... bolje da sam ranije stradao...

Ceo rat, ceo rat ne zgreših dušu svoju, nit digoh pušku na njihovu bedu, plenika, nit na drugu nejač. Teško mi, mislim, bolje bi bilo da ti rečima rečem. No slutim da dalek je naš susret, iako se molim da bude skoro, a peče ovo, peče i valja se, udara po meni.

No, da ti napišem muku moju. Kad krenu rezanje, nit oficira da nas vrati, nit u uši od krvi proključale, neka moć može da se da. Najgore ti, kume moj budući, kad ostrviš se, pa misliš da si moćan i gospodar neke jadi.

Jes', beše već jaka naša pobeda, silna, zastave padoše, topovi, haubice krupovke, ej, čudo, bombe i kamara maksima, al' kad kô psi krenusmo za bežancima, ništa nas ne zaustavi, već kô da jedan drugog u nepočudstvu držasmo. Iskočim za njih nekoliko i oborim lako dvojicu, puške odbacili nisu, mislim još bi da se biju, ajde de, neg' se sjurim za nekim jadnikom niz potok, a on bacio pušku, teško beži, a sve viče: „Nemoj Bogom te molim, Bogom te kunem!", na srpskom, naški, viče, naučio, mislim, od negde zna, kažem ti, beži, a ja za vratom, bajonet mu spremio, neću metkom, već oštrim...

I tu ga, kad još jednom reče, stignem i završim, u dnu potoka ostavim. Al' mi đavo ne da mira, umijem se, ohladim malo, tek se svestim gde sam stigao, pa mu pogledam u uniformu, nađem bukvicu, odakle jado zna naš jezik. Ej kume, naš neki prekodrinac, jadnik, diglo i dalo pušku. Pa na braću. Zapamtim ime, za pamćenje lako, ali šta mi je to, bolje, znaš i sam, bolje kad ih ne znaš, ko su, šta su, nit glave da im pamtiš, hoće to, dođe pa pita: „Zašto?". Sedne na prsa, budi, čupa, a ako ne znaš ili Gospodnje reči se ne setiš, da avet oteraš, e onda može loše biti po sutranji dan.

E, moj pobratime kud ubih bez preke potrebe. Kud ubih ruka mi se osušila, što ne slomih nogu u onoj jaruzi kad za njim sam jurio.

Kad krenusmo kroz Srbiju i preko Drine uđosmo baš u mestu tom okle je čovek bio, na konačištu sa ljudima, pa u priči, a ja sve ćutim, kažu šta je mobilizacija skupila, a ko od njih se vratio, a ko nije. Pa me pitaju i za njega, da li znam, sve se okrećem i zagledujem u prozoru, kô u ogledalo, da li znaju, okle znaju... Kopam nogama, a zlo mi na oči izlazi. Krv udara. Da li znaju, na čelu mi piše?

Eto, pobratime, kog sam ubio. Kog zatukô u potoku.

Velikog dobrotvora što je hranio srpsku sirotinju u Mačvi, oblačio, decu nejač školovao, ali ga baš to na Srbe bacilo, na mene. Gde na mene? Sudbini bi pritekao, da je malo manje usijana ova glava bila, a sve mislim pobratime, da si ti do mene bio, ne bi mi dao onakvom ludom da jurim za njima kô da su zečevi.

Nit mi je lakše što ovo rekoh ti, nit se pravdam.

Nit Gospoda molim da oprosti.

Moje je što učinih, a on nek meri, ne sumnjam u njegov sud i milost njegovu.

Te se opijam, opijam retko ali teško, kad setim se, kad čujem glas što Bogom me moli, a ja ostrvljen, ja...

Dođi što pre, tvoje su rane lakše.

Dođi da podelimo muke. Samo onaj ko je bio u ratu, on zna da meri reči, težinu njihovu i zvuk.

Jer često gledam... gledam u cev pištolja. Gledam al' ne rešavam. Lakše bi mi bilo da me prvo, prva na Ceru ubila. I držim čelik, kamu držim, poznatu i oštru, ali ne znam za koga. Neprijatelj nema ime, nema telo. Znam gde je. Đavola što po mene dođe, ćuti ili se smeje, gađam ali ne pogađam.

Sve iskopah, ne prestaje.

Evo, pobratime, greh moj znaš, tebi kô u bunar otrov sipam. A tebi nek Bog pomogne, sad kad znaš.
Oprosti, drugom mi se ne dade da načinim ovo.
Tvoj pobratim.

Sakriven, pažljivo puštam da suze isteku, kao kad se pažljivo pušta para da pritisak ne raznese kotao. Klize i ne prestaju, spuštaju se. Za dedu, za pobratima, za konja, za ljude kojima se grob ne zna. Njih možda niko nije oplakao. Ja ću danas. Od pogleda sakriven, muško pa plače, izbacim sve iz sebe.

Olakšan, u crkvi zapalim sveće. Crkva raste, oslobođena gareži, belasa i pulsira snagom. Sveće za mrtve i molba za Gospoda da mom dedi oprosti greh. I za jednog, od dede stradalog, za njega isto bezimenog, sveću zapalim. Njemu nek Bog dade milost. I za par njih, bezimenih, mojih, od mene, zapalim sveće.

***

U tom čekanju dana ukrcavanja upoznam u komšiluku i dva brata. Blizanci, visoki, mršavi, nezgrapni, velikih buljavih očiju i kovrdžave kose, malo izgubljenog pogleda, kao svi hakeri i manijaci za kompjuterom.

Kad sam prvi put ušao u njihovo carstvo, kućicu izdvojenu na kraju imanja, bio sam zapanjen tehnikom koja je osim po stolovima bila okačena i doslovno visila sa greda. Braća su među sobom komunicirala nerazumljivim jezikom, a i pogledima su razmenjivali informacije. Dugih prstiju, čuda su činili po tastaturi, dok sam zapanjen posmatrao različite vrste kompjutera i ekrana. U čvrstom kućištu sa oljuštenom zelenom bojom, jedan mi je posebno privlačio pažnju. Tipke su bile sa ćiriličnim slovima, ruska izgleda. Na osam ekrana su se menjale slike i cifre, a braća su kao od šale razbijali šifre i nasumice otvarali razne sajtove i tumarali po fajlovima kao pijan po potoku. Ponekad bi zaboravljali da sam u sobi, usmereni na ekran. Kod nas bi ih verovatno zvali Predrag i Nenad ili Taša i Maša. Raša i Gaša.

Nisam im smetao, njihov i moj svet se retko dodirivao. Igrao sam igrice, trošio vreme, posmatrao ih šta rade, pokušavao da učim od njih. Na jednom ekranu sam primetio ime banke, na koju sam inače bio kivan. Na početku sankcija su hteli da me oderu kad sam hteo da pošaljem kući nešto „plantažnih" dolara.

— Šta ti je to? — skrenem im pažnju. Vidim šta je.

Očigledno da za braću bank-zaštita nije predstavljala problem. Niz cifara se smenjivao preko ekrana.

Zbuniše se, razmeniše brze poglede.

Jasno.

— U mene možete da imate veru. Poverenje.

Opet se gledaju brzo.

— To e za Joska, za nego e.

Josko je bio Šef svima, kapo di tuti kapo. I opaka ekipa sa njim.

— Ne znam što mu e — pravi se naivan jedan od njih.

— Hm — gledam — pa šta će mu brojevi kreditnih kartica, verovatno da šalje reklamne brošure strancima.

— Ne razumem — odgovara drugi od braće, inače ih ne razlikujem ko je ko, toliko su isti.

Uranjaju u svoj svet, komuniciraju svojim jezikom, jedan ubaci prazan disk i pusti podatke na „rezanje". Vadi disk iz kompjutera, stavlja u kutiju i piše na njemu velikim plavim flomasterom *Josko*.

— Za nego e — kaže, pravda mi se.

— Aha — kažem zlosutno.

— Toi šte dade pari nešto — ubacuje se drugi, buljavi.

— Kolko? — pitam. — Kolko pari?

Znam da im treba za novu tehniku, žale se da baba nema, mala penzija.

Izmenjaše ponovo poglede. Neko bi me davno oterao u...

— Ami, koliko trsimo — sležu ramenima.

Ne odustajem, kao krpelj sam.

— Koliko če trsite — nastavljam presiju.

— Ami, hiljadu dolara — odvaljuje cifru brat broj Jedan.

— Hiljadu dolara?! — podviknem iznenađeno. — Tolko? Toliko malo, mislim.

Zbune se, potpuno blokiraju. Pao sistem? A?

— Pa... — brzo menjaju uplašene poglede, ljuti jedan na drugoga. — Šesto, šesto će trsimo.

Zinem od čuda. Ma zinem kao kanta.

— A... pedsto, pedsto mnogo li e? — uplaše se. — Josko če ni razbere — teše se. A razmišljaju, šta ako se Josko naljuti, sve će im razbije. Ode tehnika u reku.

— Kad če mu nosite ovo? — pokazujem na CD.

— Utre večer trebe da...

— A da ja odnesem? — pitam.

Izraz olakšanja. Ne vole da izlaze iz sobe, da se odvajaju od ekrana, pa još kod nepredvidivog Joske i bande.

— Ja ću vam donesem pare, ako mi verujete?

— A ti što misliš, pedsto mnogo li e?

— Če vam donesem pare, a ti uzmi te mi napravi — pokazujem na nesnimljene CD — napravi mi sa Sinan Sakić i Mile Kitić muzika.

— Aaaa... Sinan Sakič i Mile Kitič.

— Da, znam da Josko voli Mile Kitić — kažem. Ako voli operu, najebao sam.

— I ja go volim — laže jedan od njih. — I nego i Kemal Malovčič.

— Koga? — zinem.

— Pa Kemal Malov... čič, znaeš za nego? — i počinje da pevuši. — Rekla si mi da ne voliš zimu...

— A... da, da, Kemal, Kemal, ama Sinan e car. Car!

Brat vrti glavom, gleda nas kao dva idiota. Taj se navukao na balet.

Na diskove pišem *Josko 2* i *Josko 3*, velikim slovima.

Ko bi rekao da su mornarska knjižica, Južni vetar i Aleksandar Makedonski povezani u ovom svetu.

Te večeri rekoh Goši:

— Znam ko će da mi da pare za knjižicu.

Bez nje ne mogu na brod.

— Koj? Našao si nekog tvog? — pita Goša.

— A ne. Josko če mi da pare.

— Josko... Josko? — naglašava pažljivo.

— Da, taj.

— Lud si ti... — ali ne komentariše više.

Dođoh do Joska. Leden, oprezan, jak.

Grč mu drži levu stranu lica, od udarca, kažu. Ne postaje se nešto u tom svetu bez provere.

— Doneo sam ti nešto od braće — pokazujem diskove.

Prati me, urođeno oprezan i nepoverljiv. Bio je i u Srbiji u zatvorima, na fakultetu, odlično priča srpski.

Gleda me, blago zavaljen u sofu. Malo žmirka, kao da ima tik. Zna sve šta treba o meni. Njegovi momci okolo, u glupim šarenim košuljama. Jedan navukao narandžaste pantalone i crnu košulju sa srebrnim vezom. Au, što je vrisak mode. Taj me podmuklo gleda, kao da sam mu ja kriv što se tako obukao.

— Kolko pare? — direktno pita. Znam, nisu se dogovorili.

— Za ova tri diska — podižem ih. — 4.500 dolara.

— Četri i pedsto. Mnogo e — klimaju klimoglavci pored njega.

— Mnogo e.

Lomim Sinan Sakič disk. Puf. Ispuca. Gleda me.

Nastavljam.

— Za ova dva diska — šetam diskovima kao lepezom — 4.500 dolara.

Diže obrvu, ovaj podlac do njega se smeje, kvarni zubi iskaču.

Vrti glavom kao da potvrđuje, to je kod njih „ne". E kod nas bi bilo „da".

— Ne — kaže kratko.

Puf, slomim rukama disk. Ode Mile Kitič. Razleću se parčići po tepihu. Bacam pod noge ostatke. Svi gledaju šta radim.

— Za ovaj jedan 4.500 dolara — podižem ga.

Jebiga, ako ovo ne prođe...[1]

---

[1] *Kod Aleksandra Makedonskog je došla proročica iz Delfa i za tri pergamenta gde su napisana proročanstva tražila pola njegovog carstva. Kad je odbio, prvi pergament je završio u vatri, pa drugi. Aleksandar Makedonski je za treći pergament isplatio traženo.*

***

Morska bolest? Ha! To je ništa, za tri dana sam kao nov. Jeste, malo sam žut u licu i nekako mi oči krvave, ali sam super. Upoznajem se sa zadacima, nov sam na brodu, nemam pojma ni o čemu, svi me paze da ne odletim kao bure u more, ali imam volju da se dokažem. Brod je rđom izjedeno korito sa tragovima raznoraznih premaza i farbi. Nekako se drži čvrsto, čudom sklopljen. Ruska izrada, minimum komfora maksimum patnje i nefunkcionalnosti. Na primer, da bi se pokrenuo motor elise, treba da se neko zavuče ispod ormana sa elektrikom i da nađe prekidač. Pošto sam ja mali od palube, odmah mi ta čast pripada. Kao da malo udara struja, kažem kad sam pokrenuo brod i odmah se gadno isprljao, odmahuju rukom, sitno to pecka, nije to ništa. Kapetan je mali okrugli morski vuk, samo što bi mu više odgovaralo da je morska kornjača, zbog godina starosti ili morž zbog čekinja na vratu i tromosti. Ali je lik potpuno opušten i zamišljen, skoro da ga ne primećujem. Po pločici i datumu porinuća saznajem da se nekad brod zvao „Omsk", ali me godina porinuća baš zabrinjava. No, plovi samo Crnim morem koje se smatra kao mirnije more, osim kad podivlja. Jasno. Kormilar je mršavi tip sa zlim očima i ponašanjem nekog ko bi te prodao za kilo salame. Možda bih morao da ga definišem bliže, ali me zaboli glava čim me pogleda svojim žutim očima. Zajebi takve urokljive. Od članova posade tu su dva Vijetnamca ili Filipinca koji znaju par reči, smireni i ljubazni. Od interesantnih likova je nizak čovek koji se predstavlja kao pola Grk a pola Makedonac i sa kojim se može pričati na mešavini raznih dijalekata, psuje nekad na italijanskom, nekad sočno srpski ocepi, kune na bugarskom, računa na turskom a viceve priča kao Bosanac. Mislim da i on ne zna šta je, ali nije bitno. A ispade da ima neku rodbinu u Vranju, nekoliko puta mi je rekao. Kuvar je posebna priča. Vijetnamac neodređenih godina, vešt u kuhinji. Kad nema za mene drugog posla njemu sam dodat. Uvek je u maloj kuhinji magla od pare i nešto se krčka, jer su udice svakodnevno postavljene na boku broda. Stalno se lovi i sprema riba. Jedan od Filipinaca rutinski proverava ulov.

Sedim i ljuštim krompir, zabavljam se na toplom. Opak vetar udara periodično, hladno je i klizavo. Ovde sam u prijatnom i pijem čaj čudno gorkog ukusa. Nekad su u okviru bratske pomoći vijetnamskom narodu mnogi iz Vijetnama došli u Bugarsku i Poljsku i tamo ostali da žive, snašli se. Na zidu primetim jednu sliku, dok šaram pogledom. Poznat lik iz istorije. Oduševim se. General Džap! Uzviknem kad sam poznao lik na uramljenoj fotografiji. Heroj Đen Beng Fua pobede nad Legijom stranaca. Ili beše Đeng Ben Fu pitam se glasno. Vijetnamac Ho svojim pogledom pokazuje da mu je drago što znam ko je na slici.

Ispravlja me.

— General Đap — kaže ponosno.

Pokazuje nožem ka sebi, a kose oči mu sijaju: „moj general".

— Tvoj? Borio si se tamo?

Ne stigne da mi odgovori, zovu me, pristajemo u luku na turskoj obali, meni daju kofu sa bojom i dve četke i pokazuju pramac broda. Tu treba nekog da ukrcamo, nešto slično.

— Šta? — kažem. — Šta da napišem? — pitam.

Treba da promenimo ime broda, ne pitam za razloge.

— Upiši nešto kratko, kaže kapetanot — smeje se Polutan. — Misli če si najpismen.

Prljava mala luka, tovar smeća pluta oko broda, presijava se nafta, lepljivo pluta trup morske čajke, galeba. Gadno. Spuštaju mi klupu, brod je vešto pristao, lagano se trese od talasa. Ništa posebno, meni strašno. Klupa mi je trula, užad što je drže ne ulivaju poverenje, visina od koje bih mogao da bućnem velika. Filipinci se smeju svojim belim zubima, vide da sam u strahu. Njima smešno. I koje jebeno ime da smislim? Mešam četkom boju u limenoj kofi, sluđen, ali neko kratko ime mi ne pada na pamet. Na brodu je staro ime *DVINA* masnom crvenom bojom. Počela da se ljušti, ispod se belasa slovo *K*, neko prethodno ime. Da ne tupim mnogo, počinju da pucketaju konopci, a i Filipinci nešto brzo pričaju, razmažem slova *DV* punim zamasima i pretvorim u slovo *Š*. Glupo, a?

— Šina?

Odvratno, jebote, ali pokazujem da se povuče klupica i lagano, mic po mic me vuku na palubu. Čujem kapetan dočekuje nekog na palubi, valjda je stigao taj slepac što ga ukrcavamo.

Glasovi.

— Kakvo je to glupo ime „Šina"? Koji je magarac to izabrao?

Jebô ti mater magarac, mislim.

U tom preskakanju ograde mi ispade druga četka iz zadnjeg džepa i pljusnu u vodu. Otpratim je pogledom.

— E, jebote — odvalim glasno, nesvesan gostiju.

— Jebote? — upita me glas. — Kaj si ti?

Pogledam tipa što mi je postavio pitanje. Zver obrijane glave, visok i nabildovan, kockaste brade u crnoj majici što puca na ramenima. Maslinasto zelene pantalone, vojne. Crne kratke čizme.

— Čuješ ti šta te pitam? — ponovi mi oštro.

Kapetan ćuti. Ovaj se mnogo kurči, a tek se popeo na brod.

Razmišljam da l' da odjebem budalu ili da mu dam neki odgovor. Posmatram pridošlicu. Primećujem istetovirane ruke i na vratu, deo viri ispod majice, još jedan crtež. Ali se ne raspoznaje lik.

— Makedonac — kažem. Pusti budalu, ko zna kakav je.

— Makedonac, moj kurac. Šizmatik, eto šta si ti. Iz Beograda, je l'?

Šizmatik? Jebote, kakav bolid.

— Ne, ot Kočani — držim se priče, tako mi piše u mornarskom pasošu.

Hteo je još da me pičkara kreten, ali mu zvoni telefon. Jebote, satelitski telefon? Iz torbe što je Filipinac nosi izvuče crnu ciglu, probode me pogledom i skloni se dalje na palubu da odgovori na poziv.

Kapetan mi pokaza pogledom da se sklonim dalje.

— Ko je taj? — upitam znatiželjan.

— Naš gazda — odgovori preko sivih brkova kapetan Morž.

Najebô sam, pomislih. Ma, ko ga jebe.

Opak taj novembar. Ma, ni kod kuće kad sam bio u toplom nisam ga voleo. Prljav mi igrač taj mesec, nit je kiša nit je sneg, podmukao, hladan, pa kišovit i mračan. Nekako kad grune decembar sve se razjasni. Belo je belo, što bi rekao narkoman. A ovako, zajebano. A daleko sam od kuće, nit znam šta se dešava, nit imam način da saznam. Gledam kroz prljavo staklo, more udara, škripi brod, naginje se bolesno. Ne priznajem, ali sam u strahu da se rđa ne odvoji i budemo hrana za ribe. Malo-malo, pa gledam pojas za spasavanje, ali sam svestan da su mi šanse u hladnoj vodi minimalne. Jebem ga, ne znam za šta da se uhvatim. Budućnost mrljava i nedokučiva. Sadašnjost jako opasna. Prošlost? Peče, tek tako peče. Pomeram se od sećanja.

Imam vokmen, bez vratanca ali radi. Malo me muzika spašava. Problem su baterije, štedim ih. Filipinac mi pozajmio. Čudno, vokmen je održavan perfektno. Uporno pokušavam da vidim nešto osim sivog kroz prozor. Nebo prljavo, jaka kiša, sivo u raznim nijansama. Hladno je, grejanje u kabinama je sasvim isključeno, mada mislim da nikad nije ni radilo. Boli me glava, ne od vetra ili kiše. I u ustima osećam odsečeni deo sluzokože. Ispiram jeftinim konjakom, peče krvavo. Mala posekotina na glavi, nije to ništa. I zubi su mi čitavi. Umišljam da se klate, ispašće mi, biću bezuba baba. Strašilo, plašiću decu. Prskam alkohol po posekotini, na glavi. Ceo brod mi je truo. Gnjio, kabine su štrokave, ćebad gadna i teška, smrdljiva. Navikavam se. Na sve se čovek navikne. Teško je priznati, ali je tako. Jedino čisto mesto na celom brodu je, hvala Bogu, kuhinja. Tamo volim da sedim, miriše hrana ali i mirišu razne biljke, smirujući. Pa čajevi. Filozofija života Azijata je jako fatalistička. Lako se prilagođavaju, ne opterećuju velikim stvarima. Izlazim iz kabine, prvi put posle sukoba sa Jozom. Jozo je, što sam saznao na teži način, vlasnik broda. I predstavnik bande. Ustaške bande. Našao sam mu se na putu u pogrešno vreme. Nije to bio obračun, mada ni u pravom fajtu ne bih imao neke šanse protiv njega. Prava zver, obučavana, proveravana i spremna. Ali ovako, kako me je, usput oduvao, sa nekoliko udaraca, to je strašno. Nisam očekivao, te je samim tim još gore za moje stanje. Imam gadnog neprijatelja na brodu, a on je ovde sve. I to nemilice pokazuje. Izlazim na palubu, baš u trenutku kada je jedan od Filipinaca dobio strašan udarac vojničkom čizmom u zadnjicu.

— Žuto govno, ceo dan se vučeš ka psina.

Zastao sam. Baš imam loš raspored pojavljivanja pred ovim.

Primetio me.

— Aha, evo nam i curetka.

Jebô ti mater curetak. Ali ćutim, pa savijem ka kapetanu. Čujem, još nešto peni.

Pogleda mi rane, nagledao se on tuča po lukama i brodovima.

Klimnu glavom, možda kao: „nije to ništa" ili kao: „dobro si prošao".

Nije mu pravo, ali ne kazuje ništa. U tom trenutku dolazi i Filipinac, kao prebijen pas, vuče nogu, bedro mu oteklo. Mrmlja nešto na filipinskom, protestuje. Kormilar mu se smeje u lice, zle oči sijaju ludačkim sjajem. Sikće Filipinac na njega, njega bar može da razjebe. Ovaj kao da je jedva čekao, počinje sa psovkama.

Morž divlje, na opšte iznenađenje, tresne pesnicom o sto i zaustavi raspad sistema. More i dalje luduje, gore-dole nas bacaju talasi, a disciplina na brodu mora da se vrati.

Ima efekta, mora se priznati; kapetan je Bog na brodu. Ućutaše obojica. Ali varniči u vazduhu. Kapetan besno izlazi iz komandnog centra, neobično brz i okretan. Virimo kroz staklo kormilarnice, kratak i oštar razgovor s Jozom nehajno naslonjenim na ogradu.

Kapetan se vraća besno na komandni most, a Jozo prezrivo pljuje u besne talase. Ne mari mnogo što ga poklapa podivljala voda.

Vraćam se u skučenu i hladnu kabinu, kao u frižider. Plačem jer me pesma pogađa, plačem kradom. Krijem od sebe, ali plačem. Ako ne saznam da nisam plakao, kao i da nisam. Da nisam stvarno curetak?

Jebaću mu majku, tešim se.

Hvatam se za slamku, na izbočini kabine radim zgibove, kao bolje se osećam. Osećam se jako usamljen. Čudno, ali zaspim bez problema.

Sutradan se more smirilo, ima i malo sunca, ogreje iz oblaka. U daljini vidimo brodove, na pomorskom putu smo, gužva je na moru. Obaveze nam rastu, čak malo i menjam za kormilom Žutog, kratko. Kapetan mi daje zadatak da sredim kabinu broj tri. Šta da radim tamo?

Da sredim i đubre iznesem, pepeljare istresem i to.

Postao sam sobarica, gunđam.

Upadam u kabinu. Veća, bolja, ima i TV sa video rekorderom. Fotelju. Veći krevet. Posteljina bela, nije žućkasta kao naša. Ali po crnoj jakni nehajno okačenoj na jabuku kreveta odmah prepoznajem u čiji brlog sam poslat. Jozina kabina. Na stolu revolver kolt, matiran, municija, dve kutije i satelitski telefon. Puna pepeljara, načeta kutija plavog francuskog Gitanesa, bez filtera. Na zidu slike, prilazim zainteresovan. U boji. Jozo i vojnici sa specifičnim beretkama. *Maroko 87* piše. Pa *Gvajana 1988*, sa pitonom, drži ga obema rukama. Nasmejan.

Ima i par crno-belih, jako starih i oštećenih na krajevima. Ustaše u crnim uniformama, nasmejani, pod oružjem. Ustaše sa zastavom na kojoj piše *Crna legija*. Ustaše, belih lica u stroju. Sa puškomitralezom, u zasedi. Leže, napeti. Pa Jozo u kafiću, oko njega istetovirana banda i ribe, mulatkinje, beli zubi, crne sise. Flaše tekile i bakardija na stolu, kokteli, uživancija. Još bih zagledao šta ima, ali mi se učini da neko ide hodnikom. Istresem pepeljaru u crnu kesu brzo i pokupim prazne plastične flaše od vode i ostatke kutija, dvopek i keks. Sobarica je završila. Izlazim brzo, prolazim pored Joze koji zapanjeno gleda u mene.

— Kaj?

Odoh, grabim niz hodnik.

— Kaj ti radiš ovde? — viče. — Stani — naređuje.

'Oću kurac da stanem. Da me opet izudara na brzinu.

Izlazim na palubu, ka mestu pored kuhinje za odlaganje đubreta kad zver besno istrčava za mnom.

— Čuješ šta te pitam? — dere se. — Šta ćeš u mojoj kabini? — unosi mi se u lice.

Taman da odgovorim kad se serija udaraca sruči na mene. Ne stignem ni ruke da dignem. Opet? Opet.

Osećam bol, arkada, skupljam se, a pršti mi svetlost pred očima i nos me razdire. Topla krv mi se sliva. Sklupčam se nagonski u klupko, sad će nogama da me razdere.

Kapetan staje u odbranu, zaustavlja debila i brzo objašnjava.

— Okej. Ali... — pokazuje prstom. — Ovog da ne vidim u mojoj kabini.

Leči me kuvar, zaustavlja krv. Oko podulo, zatvoreno. Ponižen, sve me boli. Obilaze me svi, kratko pogledaju, pa se vraćaju na posao. Manevrišemo, sumrak, pred lukom se ukotvljujemo. Čujemo iz luke dovikivanje, žamor, škripe kranovi, sirene brodova, zvuk zvona, psovke. Kao u svakoj luci, verovatno. Gadna noć, sve me boli. Tek se ujutro gledam u ogledalu. Primoravam se. Strašno, sam sebe ne prepoznajem. Brod dobija dozvolu i kreće ka posebnom doku. Izlazim i primećujem veći broj uniformisanih ljudi. Crne uniforme, bez oznaka. Prate nas pažljivo. Lagano pristajemo. Vezujemo se, kapetan dopušta inspekciju. Dva oficira i jedna ženska osoba u zelenoj jakni ovlaš ogrnuta preko belog mantila kontrolišu brod. Filipinac povraća, konstatuju. Karantin? Zarazna bolest? Neka tropska? Lekarka stavlja rukavice, pažljivo mu posmatra beonjače. Hm? Žutnjače? Filipinac se usrao kao pred smrt.

Jednim okom primećujem da je lepa. Drugo oko mi je zatvoreno.

— A šta je sa njim? — pokazuje na mene. Primećuje me, modro ofarbanog. Ha, teško me ne primetiti. Kapetan nešto objašnjava. Prilazi mi, skida zaštitne rukavice i posmatra mi lice, nežno mi dodiruje jagodicu i pipa arkadu. Žensko. Lepo. Prelepo. Osećam toplinu njenog tela, lagani miris parfema ili miris žene, ne znam. Oči joj posmatram, sivozeleno svetlo kao laser. Okreće se od mene, govori nešto kapetanu i oficirima. Pramen kose viri ispod kape. Plavuša, rekao bih. Gledam u njena leđa, upijam. Okreće se i na licu joj prođe lagan osmeh, provalila me gde gledam. Malo, na tren, obešenjački nakrivila glavu, ali i dalje stroga i ozbiljna. Kapetan naređuje meni i Filipincu da pratimo delegaciju. Karantin? Samo mi još to treba. Ambulanta srećom.

Filipinca odvedoše u druge prostorije. Bela ambulanta, stolica pred raspadom, jezik nepoznat na olinjalim plakatima na zidovima. Ma, u stvari, ja i ne znam u kojoj smo zemlji. Pokazuje mi da sednem. Iz oljuštene limene kante vadi gazu, utapa u neku modru ljigavu tečnost i čisti mi rane. Arkadu, skida skorelu krv, oko oka peče. Trgnem se ali ne jaučem. Na beloj doktorskoj bluzi izvezeno ime plavim koncem. Valerija Ivanova.

Ne izdržim.

— Valerija? — upitam.

Zastane, malo iznenađena.

— Što sa mnom bude? — pa se brzo ispravljam. — Budet? — upitam, kao naivan.

Auuu, al' me provaljuje. Ova je veliki švrća.

— Ništa, možda amputacija tih klempavih ušiju — smeje se.

Iznenađen sam.

— Znaš... znate srpski? Kako?

— Otac mi je iz Srbije. Živela sam malo u Beogradu, pa u Somboru.

— Odlično — izleti mi.

— Moji su se razveli. I tako.

Baca iskorišćenu gazu u korpu.

— Možeš da se vratiš na brod — kaže mi suvo.

Odseče me.

Improvizujem. Kašljem na silu.

— Doktorka, kašljem, da nije upala pluća? — gledam je, oči mi se smeju.

— Aha, ti bi da te pregledam? — zadržava ozbiljan izgled lica, ne primećujem pukotinu. — Nije to ništa, čaj popij i proći će — kaže.

— Čaj? — kažem žalosno.

— Čaj — smeju joj se oči.

— Može — kažem.

— Šta može? — pita.

— Pa čaj. Može, baš mi se pije.

Najzad. Probijam. Smeje se, vrti glavom. Sedi ovde, pokazuje i izlazi.

Sedim, jašta, šta ću na brodu. A ovakav mogu da je uhvatim samo na sažaljenje. Prebijen sam kao kuče. Gledam po ordinaciji. Njena torba u uglu, kaput. Papiri po stolu, stetoskop, merač pritiska u limenoj kutiji, vojni. Okrećem knjigu koju čita. Remark. *Na Zapadu ništa novo.*

Smišljam ubrzano strategiju. Ne vredi, razmišljam sa pola mozga. Ulazi sa dva čaja, seda preko puta mene, opor čaj, miris težak.

— Nema šećera — konstatuje.

— Ma previše bi slatkog bilo — ubacujem kompliment. Opet zid. Kao lopta ka košu što se odbije od obruča. Jebiga. Još razmišljam grozničavo. Ali... neće. Batalim. Uživam punim čulima u čaju, ne govorim ništa više. Ništa mi pametno ne kreće, zablokirao. Ona prebacuje nogu preko noge, u belim je pantalonama, ali to tako radi ženstveno. Buljim deo sekunde, naslućujem lepotu listova. Fantaziram, jasno. Prestajem i priznajem da ne mogu da je „otvorim". Usredsređujem se na čaj, obema rukama uhvatio lepu šolju, od porcelana sa svetloplavom pticom, nekom vrstom pauna i lagano uživam u toplom napitku. Buljim sa zadovoljstvom u lepu i tananu sliku ptice. Ptica leti ka zvezdi, maleckoj žutoj mrlji. Uhvaćen trenutak pred poletanje, silina zamaha. Primećujem da ona pije čaj iz izrazito ružne šolje, gruba keramika. Braon. Ćutim uporno, zamišljen, kao da sam sâm u prostoriji.

— Hvala, ovo mi je bilo veliko zadovoljstvo — odlažem pažljivo šolju. — Kako mogu da se odužim za sve ovo — pitam mirno i staloženo.

— Ničevo, to moja rabota — prvi put me pažljivo posmatra. Ne uspevam da dešifrujem skeniranje. Ali peče kojom je snagom. Kao da me vari po šavovima. Umišljam, može biti. Jaki su njihovi crni čajevi, udare u mali mozak.

— Doktorka...?

— Da? — očekuje.

— Ako ikako možete... — ona lagano pomera glavu na stranu, u nekom je odbrambenom stavu. — ...pozajmite mi neku knjigu Remarka, baš bih se podsetio — pokazujem ka stolu. — Imam vremena.

Okreće knjigu. Remark je na srpskom.

— Važi.

Nešto visi u vazduhu, kao pred kišu. A meni je samo sanjarenje ostalo. Tu sam neuništiv.

Tako ostade. Da visi nešto.

Na brodu sam, ali ne primećujem. Ni ružnu kabinu, ni majmuna koji dobacuje, pa psuje isproviciran mojim odsutnim duhom, psuje najgore što može mržnjom sužen mozak da izmisli. Ma nema ničega osim tog mirisa, tog slatkog osmeha. Telo mi je još u ambulanti, a ovde na brodu je neka ljuštura. Hranim se time, ništa bitno, ali me nosi.

Ujutro počinjemo sa utovarom, okolo su naoružani, namršteni vojnici u svetlozelenim maskirnim uniformama. Bez oznaka, ako se ne računa narandžasta traka oko leve mišice. Gadni, profesionalni. Veliki majmun je na doku, proverava robu. Vidi se odmah šta utovaramo. Nije to kao na filmovima, slomi se sanduk i raspadne tovar na palubi, a glavna faca vidi da su u sanduku puške, mitraljezi i to. Ma ne, sa palube vidim kako Jozo izvlači cev ručnog bacača pa drugi, kratko gleda vraća nazad, pa se kranom sanduci ubacuju u palubu. Nasumično otvara sanduke, kratko proverava automate, broji, gleda male kutije sa municijom, rakete za RPG vrti u ruci. Ništa skriveno, rekao bih. Ubacujemo ceo dan, radimo, sa pauzom za jak ručak. Ćutim, znam gde to ide i za koga. I priča telefonom, glasan je, zaboravio na mene.

— Nemaju dovoljno bombi, biće, čeka se. Nek Anton vidi sa Nemcima ako je hitno.

Čeka odgovor.

— Dobro, uzeću mine od 82.

Opet sluša sagovornika. Klima glavom.

— Da, biće dovoljno. Ako treba... Da, znam. Za dom spremni.

Jebote, ovaj mu garant sa druge strane odgovara sa: „zig hajl".

Hitro se sklanjam, pomisliće da ga namerno prisluškujem. Onda sam gotov.

Već totalno izmoren, imam sreće, zaustavljaju kran pred sumrak. Nešto je u kranu puklo, onda se i prekida rad do sutra. Po naslaganim sanducima u dubini lučkog magacina procenjujem da imamo još pola dana da ubacujemo, vezujemo i osiguravamo teret u utrobi broda. U kuhinji se okrepljujemo slatkim pirinčem sa velikim komadima mesa i pijemo pivo. Mlad radnik sa doka kuca na vrata i ulazi u kuhinju, meri nas, pa me posle kratke procene zove pokretom ruke napolje. Izlazim zbunjen, a on mi pruža knjigu u ruke. Obradovan, ali i tužan. Nju sam očekivao.

— Spasiba — kažem, a on je već na mostu.

Remark. *Crni obelisk*. Ovih se dana nosi crno, izgleda.

U nekoj nadi brzo listam roman, potajno očekujem neko pisamce, neku poruku makar, nešto. Razočaram se, mnogo sam gledao romantične filmove. Ipak, hvala joj. Pokušao sam da čitam, ali je umor zatvorio oči. Utovaramo i sutra, kran gadno i neprijatno škripi, vetar se pojačava i probija kroz kosti. Klizavo je po palubi, hodamo oprezni. Samo mi se oči vide koliko sam se uvukao u kaput i kapu. Drma se brod, napolju je jaka oluja, a uspeva da pokrene more čak i duboko u luci. Kapetan i Jozo se svađaju. Na doku su ostala dva tovara tereta, a unutra, pod palubom nema mesta. Ulaze, izlaze iz tovarnog dela, traže načina da smeste ostatak. Jozo psuje nesposobnu posadu, debila od kapetana, čini mu se da je Polutan mogao drugačije da ređa sanduke. Ne vredi objašnjenje. Dere se i rukom pokazuje robu na doku, čujem.

— Šta? Da ostavim ovo? Ovo mora na brod, kaj me boli, kontaš, gde god.

U tom momentu Polutan nespretan kako ga Bog dao, oklizne se na tankoj poledici i u padu zakači po nogama, iza kolena, Jozu i pokupi ga. Jozo je, istina, pokušao desnom rukom da se uhvati za ogradu, ali se klizav metal oteo te je nespretno pao, delimično na Polutana. Pobesneo, kratkim udarcem je iz blizine udario po faci jednog Polutana koji je bio u početku izvinjenja i dizanja sa palube. Ne toliko jak udarac je napunio usta crvenom bojom. Polutan je ostao bez jednog zuba ionako slabašnog kvaliteta. Mumlajući kletve otišao je sa palube dok je Jozo brzo povratio samokontrolu.

Dva dana se seče jakim aparatima i prepravlja paluba, varniči gde god pogledaš. Ja sam na crevima za vodu, ako udari neka varnica u tovar, ode sve u pičku majčinu. Onda nosimo teške sanduke i ređamo, vezujemo. Kapetan vrti glavom, zna šta znači opasan i neosiguran teret na palubi. Jaka oluja i gotovi smo. Najzad posle dva dana teškog rada magacin i dok su prazni.

— Sutra krećemo — naređuje Jozo. Ne sviđa mi se ideja, ni kapetanu. Prognoze kazuju gadno vreme, visoki talasi. Ujutro ništa, ne mrdamo. Zabrana isplovljavanja iz luke. Zvanična. Jozo divlja i psuje, ali vreme se ne smiruje. Sklanjamo se budali ispred oka, bukvalno. U toploj kuhinji čitam, gutam knjigu. Meni odgovara, rastu mi šanse da ponovo vidim doktorku. Najzad stiže poruka da odemo po Filipinca, sav srećan, odmoran i podgojen izlazi iz zatvorenog prostora. Nije ništa opasno, mnogo je gledao porniće sa babama, pa su mu popucali kapilari u očima. Krelac. Prolazim pored sobe gde mi je pregledala rane. Obrijan, obučen u najboljoj odeći koju sam imao sa sobom, bez nagrđenog lica. Otok spao, arkada fino zarasta. Mali ožiljak, kao posle pijanog brijanja. Kucam, otvaram vrata posle dopuštenja. Ona je sa kolegama na sastanku. Izvinjavam se i pokazujem prstima broj dva. Dva minuta. pažalstva.

Zvanična, izlazi i zatvara vrata. Opet to lice sfinge, taj zagonetni osmeh. Pustila kosu, sva lepota boje žita. Oči režu svom snagom.

— Rane su u redu? — pita službeno, gledajući me.

— O da, jesu. Nego, došao sam da Vam vratim knjigu. Mislim da isplovljavamo za neki dan, čim se more smiri.

— Ah da, ja zaboravila — kaže ležerno.

Ako sam se potajno nečemu i nadao, ovim me ugasila. Pažljivo me posmatra, možda je primetila senku razočaranja na mom licu. Ponekad sam kao od celofana. Ma da, šta li sam očekivao, luda glava? Doktorka i mornarčina, pa puna ih je luka. Vrti knjigu u rukama.

— U stvari, ovo će biti moj poklon tebi — vadi olovku i sakrivši, piše posvetu. Zatvara knjigu i daje mi je zatvorenu.

— Hvala — zbunjen stojim.

Mogao sam nešto da joj poklonim, da, sad treba reći nešto pametno pa... Je l'? Pa sto godina da smišljam, ne bih umeo da se snađem.

— Hvala — ponavljam. — Pa možda negde i nekad popijemo i nešto jače od čaja.

Smeje se.

— Možda, more nanosi. Srećna plovidba.

— Hvala, majore. Doktorka — ispravljam se. Video sam činove.

Smeje se i ulazi nazad. Širok osmeh za kraj. Blenem u vrata čak dva trena. Ej, jebiga.

Filipinac se kezi. Ne kapiram da l' me zajebava ili sam mu simpatičan ovako smotan, ali shvata brzo da će ostati u karantinu ako pokuša nešto na moj račun. Jebeš ti ovu smrdljivu luku. Ajde da bežimo odavde pa šta bude. Uh, setim se kreten, taman stigli do broda. Kaseta. Kaseta sa snimcima — Dugme, Film, EKV, Orkestar, još par dobrih. To može, može kao poklon, to sam nosio sa sobom u košulji. Jebiga, sad da se vraćam nazad. No pred mostom naletim na onog istog mladog radnika i pružim mu kasetu. Gleda zbunjeno.

— Doktorka Valerija Ivanova, pažalsta — rizikovaću. Gleda me tupo. Setim se, ispravim. — Vrač Valerija Ivanova. Major.

Shvata, klima glavom, trpa u zadnji džep pantalona. Kaseta je TDK, kvalitetna, ako ne presnimi prodaće, ali možda i dođe do nje. Glup potez, ali volim tako da me talas pokrene pa na mah, sve na jednu kartu.

Da, more se se smirilo, rano krећu pripreme. Sunce, toplo je, galebovi dosađuju svojim krikovima, ma milina. Havaji, jebote. Polako, nakon što sam lično pokrenuo motore i dobio lagani udar struje, polako izlazimo sa doka i iz luke. Na pramcu sam, gledam. Gledam ne bih li je ugledao. Dani ispunjeni jadom i teškim radom, ponižen i povređen, samo malo lepote mi je navuklo osmeh na lice. Zaljubljen? Ne, možda malo. Gledam ka zgradi gde je ambulanta i karantin, da se pomoli trag kose. Prolazimo lagano pored jednoličnih sivih hangara, skladišta, pravih planina otpadaka, gomila paleta i gajbi, metalnog otpada i starih kamiona, razvaljenih kontejnera, burića prekrivenih žutocrvenom rđom. Ljudi rade, ne obraćaju nimalo pažnju na naš jadan brod. Zuje kranovi. Oronule zgrade se ređaju, depresivne i razvaljene. Savijen lim, u svim oblicima i stanju degradacije. Gledam, krstarim pogledom, uočavam pokrete, prilike, koncentrisan, već me polako napušta volja i osećam podmukli talas razočaranja, govorim sam sebi „doktorka i mornarčina", to u realnom svetu nije dobitna kombinacija.

Odjednom, kao u lošim filmovima, na kraju luke, pre nego što kapetan ispravi brod, primećujem osobu u smeđem mantilu, dignute kragne. Liči na nju, ali ne vidim lice, jer ga je vetar pokrio kosom, umrsio. Merim figuru. Ženska osoba, ruke duboko zabijene u džepove, šeta besciljno po nečemu što liči na park, sa dve dečije klackalice i iskidanim toboganom. I neki kip, revolucionara verovatno, na belom postolju. Sa psom koji se veselo premeće, šareno pseto. Kapetan već odlučno ispravlja brod. Auuu, podigni taj pogled ka moru, govorim u sebi.

— Ovamo, ovamo. Pogledaj me. Daj bre, samo pogledaj — pričam lagano. Kao molitvu.

U tom trenutku prilika izlazi iz svoje duboke zamišljenosti i podiže pogled.

Ona, nesumnjivo, a onda na tren reakcija, iznenađenje, širokim osmehom podiže ruku, veselo kao devojčica. Pozdravlja me dok mašem kao debil sa broda. Obema rukama kao davljenik što je video splav. Pa dok splav izdrži, a posle će doći nešto drugo. Smeje se, jasno vidim. Skida slušalice koje su potonule u gustoj kosi i nešto viče. Naprežem se da čujem. Vetar odnosi reči. Pokazujem ka ušima, ne čujem, a očekujem jači udar brodskih motora, na jači režim propelera. Drži nešto u ruci, diže. Liči na kasetu. U tom trenu se vetar smilova, galebovi umiriše za čas i do mene dođe slabašno, ali razgovetno, očajno: „spasibaaaa". Au, kako ja skačem od radosti. Jebem ga, ništa se u stvari nije dogodilo bitno, a kao da mi je ceo svet poklonjen. Kažem, zrnca radosti u moru sranja. Brod ispravlja, kreće, prilika ostaje daleko iza.

Nekad, negde, u nekom životu.

Cinični komentar me grubo vraća u stvarnost.

Ne okrećem se, znam ko može biti tako zao. Ignorišem ga, proverena formula koja ga dovodi do besa.

Ali zlo koje ne postigne cilj, ne uvredi, samo raste. Ma, nema pomoći takvim ljudima.

U kuhinji sam, jedem neke crve, specijalitet. I sviđaju mi se, Filipinci su nasmejani. Nešto se slavi, nešto njihovo, ima i žestokog pića, oporog ukusa. Meni tera suze na oči, njima smešno. Ali se ne smeju zlobno, već drugarski. Iznosi Ho Vijetnamac, kuvar, flašu rakije, sakea sa nekim čudnim gušterom unutra i pažljivo svima sipa po naprstak. Gušter je gadan, rasporen od grla do stomaka. Ima rogove na čelu. Ho mi objašnjava da je to lek, njihov, da se gušter ubija i krv mu se meša sa rakijom. Skupo, boca je 100 hongkong dolara. Shvatam čast koju mi čini. Opušten je, ima hrane na stolu, brod je u laganom kretanju zbog problema sa motorom, jedva se probija, kao debela krava kroz kukuruz. Brekće i muči se, oseća se vibracija motora. Nama je toplo i ništa ne radimo. Odlično nam je. Filipinci ga teraju da priča o ratu, kao svi Azijati ponosni na veliku pobedu nad belim čovekom. Ho priča, pa prevede deo priče. Shvatam da priča o Dijen Ben Fuu. Borili su se protiv Legije stranaca, opakih boraca, veterana Drugog svetskog rata, okorelih. Nešto im se i predalo kad se već nije imalo izbora. Bilo je i esesovaca, bivših, pa Rusa dezertera, Letonaca, Kozaka, Tatara, taloga iz Belgije i Norveške, bivših iz SS Viking divizije što nisu smeli i hteli da sačekaju kraj rata i preki sud. Suludih boraca prošlih stepe Rusije, finsku zimu i sunce Italije. Klanice Balkana, pustinjski korpus Romela. Opaki veterani, na smrt navikli. Legija pere biografije, zna se. Za dušu je neko drugi zadužen.

Ho, pritisnut sećanjem, svoje slike iznosi iz torbe, mlad, ponosan borac. Objašnjava da je među prvima, pred kolaps francuskih položaja upao u njihov bunker i da je, iako ranjen, jedan legionar pokušao da ga, sa zemlje probode nožem, kamom. Pokazuje nam kamu, vešto je iza leđa, negde oko levog ramena, sakrivenu, izvadi. Ratni plen. Sa divljenjem je, lučki pacovi, Filipinci, prošli sito i rešeto, okreću po rukama i govore nešto. Vidim znak. Daj, pokazujem nestrpljivo.

Izlizano sečivo sa natpisom koji odmah izaziva čuđenje kod mene, *Handžar divizija* i znak *SS* sa mrtvačkom glavom, nacistička.

— Auuu — ne izdržim.

Nešto priča Filipincima, blenu u njega. Nestrpljiv da čujem šta je bilo, cupkam. Tražim objašnjenje, šta je dalje bilo. Pokazuje levu nadlakticu i ožiljak, dobio je malo, iako je uspeo da se skloni, pomeri u trenu. I pokazuje kako je oteo kamu desnom rukom i u besu zbog ranjavanja brzo završio sa legionarom.

Ostajem bez teksta, mnogo pitanja bez odgovora. Ili je kamu imao neko ko je došao u bilo kakav kontak sa Handžar divizijom ili je krvavi pripadnik ozloglašene borbene jedinice stradao od svog noža, daleko od Balkana, daleko od Bosne. Pa mu kosti trunu negde daleko u Vijetnamu.

Ipak me vuče da mu objasnim poreklo noža. I da verovatno zna da svaki nož, naročito ratni, donosi mnogo loše energije. Loša karma. Oni se toga u Aziji jako plaše, znam. I nož kad se dobija na poklon, mora da se da neki novčić za otkup, stari običaj. Objašnjavam mu pažljivo šta je Handžar divizija radila po Balkanu i da postoji mogućnost da je tom kamom klano i ubijano i muško i žensko i deca. Samo zato što se drugom Bogu mole. Zna ko su bili esesovci, klima glavom. Malo je teško objasniti kako su u čiste arijevske trupe ušli i muslimani. Ali to je neka druga priča.

Ho gleda pažljivo kamu i okreće u rukama, duboko nešto razmišlja. U kuhinji, među nama zbijenim, zlokoban komad metala unosi težak vonj. Umišljam sigurno, udaren čudnim alkoholom i crvima pohovanim sa mnogo luka. Ali, Hoa čak i Filipinci pažljivo posmatraju. Nama ostalima, ljudi iz Azije su teško razumljivi, loše čitamo njihova lica, namere, misli. Teško pokazuju emocije, naučeni tako. Na težak život i težak rad. Ho nešto duboko meri, ali odustaje od odluke, jer se vraća piću, uz zdravicu, a kamu desnom rukom sakriva iza leđa, negde odmah iza temeljnog i jakog vrata. Okej, moje je bilo da mu kažem šta imam. Meni lakše, a on nek odluku donese.

Od mnogo pića i silnih misli, ne spava se mirno.

Još kad se brod tako muči, snovi se pretvaraju u strašila. Plaše. Iz zapetljane posteljine izvlačim se rezignirano i odustajem od spavanja, palim cigaretu i posmatram kroz prozor kabine nešto što liči na smesu povraćanja i prolivene nafte. Ma kad sam nervozan ništa me lepo ne dotiče. Jebiga, takav sam.

Na doručku me kapetan ponovo unapređuje u sobaricu. Gledam ga kiselo, a ostali se smeljuje mojoj faci. Baš kod Joze. Psujem gadno. Kapetan me umiruje. Zna Jozo da sam tamo, da ću da budem u njegovoj kabini. Aha, komentarišem. Bar se nećemo juriti kao poslednji put, kad me strvina prebio kao vola u kupusu. Mrsko mi je i da se sećam tog poniženja, ali je onom zlokobnom idiotu sa urokljivim očima izgleda baš to smešno. Mlati rukama, kao boksuje i pokazuje mi kako da zgazim kretena. 'Oće, moj. To samo na filmovima može.

Jebiga. Arkada peče.

Maltene se skrivam po brodu, hvatam krivine, ali me kapetan najzad nalazi i pokretom glave šalje dole. Kapetan je Bog, to mu je.

Uzimam kese i rukavice, ko zna šta je kreten sad napravio da me ponizi.

Smirujem se na stepeništu.

Kucam na vrata kabine.

— Uđi — viče neko.

Začudo je uljudan, ako se pod tim podrazumeva da ne dobacuje i ne vređa. Pepeljare prvo čistim, pikavce prvo.

— Imaš još jednu tamo — okreće se, drži telefon pored uva i pokazuje još jednu pepeljaru na stočiću pored ormana, u dnu kabine. Uzimam pepeljaru i neminovno na stolu vidim svilenu vrećicu sa vrpcom za zatvaranje, sa staklićima koji u mraku kabine sijaju. Znam, dijamanti ili brilijanti, ko bi znao tačno. Ne komentarišem, iako krajičkom oka hvatam još dve takve vrećice, ali duplo veće. Nabijene, tajanstvene.

— Skini ovu paučinu, vidiš — pokazuje mi na orman. Između ormana i zida leluja malo parče paučine, umotane. Skidam rukama, rukavicom. Pažnju mi privlači još jedna crno-bela slika na zidu, nisam sve stigao da pogledam prošli put kad sam bio u kabini.

Zurim u nju. Trojica ustaša, za stolom od dasaka, zavrnutih rukava, u nekom vinogradu ili bašti, pod vinovom lozom, nasmejani, iskeženi. Flaše vina, kobasice, čaše, tabakere, bereta i luger, noževi pobijeni u dasku stola. Proliveno vino, masna crna mrlja i ispod stola. Veselo, radost. Razdrljeni, raskopčanih košulja, ali sa crnim kapama sa znakom *U* na kapi. Crne kape obešenjački nakrivljene. Jedan plav, mnogo mlad, kovrdžava kosa, osmeh veliki. Ova dvojica stariji, oko tridesetak godina, opakih faca. Ima se, prosipa se. No čini mi se da ispod stola ima nešto kao par cipela u čudnom položaju. I da se mrlja od vina na stolu po crnom razlikuje od mrlje ispod stola. Fotografija je uramljena, kao da je deo pokriven, na krajevima, drvenim ramom. Kopka me mogućnost saznanja, slutim zlo. Ali ako počnem da čačkam po fotografiji biće svašta. Osećam, Jozo me gleda, odustaje od pokušaja da dobije vezu, ostavlja nemarno satelitski telefon na krevet. Privlačim mu pažnju.

— Gledaš ustaše? Prve? Gledaj, gledaj. To su mi deda i ujak i satnik Marić, iznad Sarajeva četeres prve.

Otvara se.

Gledam ga upitno.

— Sve smo Židove... — pokazuje šakom ispod vrata. — Sarajevo je prvo očišćeno. I od njihove crne čoje Crnoj legiji uniforme sašili. Iz njihovih magaza bale uzeli.

— Aha, crni kô Sotone — provlačim polako.

Zapenušao, prelazi preko toga.

— I ovo — pokazuje na rasute dijamante. — A i ovo — otvara jednu od vrećica i bahato sipa na sto zlatnike i zlatne zube, minđuše i lančiće u klupko zamršene.

— I ovo je sve vaše i Židovsko — smeje se i unosi mi se u lice. — Naši su čuvali ovo pedeset godina! A sad ćemo vas vašim ponovo gaziti — pokazuje ponosno na svetlucavu gomilu.

— Koji vaši? — pitam, bez vere da će da otkrije.

— Naši, naši, franjevci — ponosno pokazuje.

Igram opasno, pitam:

— A vi ste hrišćani, zar ne?

Klima glavom, upitno me gleda.

— Pa kako onda ubijate i koljete druge hrišćane?

Ćuti.

— Zar Bog nije isti za sve hrišćane?

Opire se.

— Vi ste nevernici, otpadnici, šizmatici, jedino... — odustaje. — Opet ćemo vas klati dok vas ne zatremo.

— Pre bih bio žrtva nego koljač — kažem mu prkosno u lice.

Delić sekunde me gleda, a onda mu ružan i pakostan osmeh prelazi preko lica. Pakosno se cereka.

— I bićeš, curetku — đavolski mu je izraz lica. — I kakva ti je ovo glista na ruci? — smeje se i pokazuje na moj tatu, crtež na desnoj ruci.

Odmah me zabole arkada.

Curetak?

— Pokazaću ti šta su muški, pravi muški crteži — približava se, unosi u lice, prljav mu dah osećam.

Auuuu. Ovo sam ga mnogo najebô.

Levom rukom, kao iz praćke pesnicom ga udaram iznad oka i sam zbunjen svojom reakcijom, preturam stolicu i bežim iz kabine. Zver skače odmah za mnom, pobesneo, ali loše procenjuje bačenu stolicu i spliće se o nju, psuje, čujem u hodniku. Bežim kroz hodnik, udaram u zidove, čujem za mnom juri. Istrčavam na palubu, kao da krajičkom oka vidim zabrinuto lice Morža u kormilarnici, na staklu zajapureno, trčim do ostataka nadgradnje, bilo je tu šipki od čelika, cevi pogodnih. Okrećem se. Brza je životinja. Na putu mu se preprečuje jedan od Filipinaca, koji dobija udarac, ali i besan uzvraća. Jozo iznerviran ovom smetnjom i pobesneo skače da ga davi, pa udara bridom šake u jabučicu vrata. Koristim priliku i nasrćem pogodnom cevkom i udaram ga po leđima punom snagom, popreko se zanese i pada na leđa, diže gornji deo tela munjevito. Uto se Polutan pojavljuje iznenada i od prve ga napada sa leve strane, nogom. Zube mu nije oprostio. Jozo se pomera za tren od Filipinca i vešto izbacuje iz ravnoteže Polutana, obara i brzo privlači u zagrljaj levom rukom. Krećem da zadam još jedan udarac, ali se na klizavoj palubi okliznem, pokleknem, taman da me zajedno sa Polutanom u naručju, uhvati brzo i desnom rukom ščepa oko grla. Napinjem se, privukao me skroz u čelični zagrljaj i golom silom steže kao anakonda, davi nas. Polutan pokušava nogama, batrga se kao u smrtnom zagrljaju, njega je perfektno uhvatio i guši ga. Ja sam uspeo da ubacim deo ruke između mog grla i njegovog tela, ali uporno me sve jače lomi. Privukao me skroz do vrata i izbliza gledam lik, njegov tatu crtež na vratu. Sa oficirskom kapom, ružno skupljenih usta, poglavnik Pavelić lično. Gledamo se lice u lice. Ošamućeni Filipinac, sav krvav, pokušava nekom šipkom da udari Zver po glavi i uspeva da mu oguli ćelavu glavu. Ne puštajući nas dvojicu iz smrtnog hvata uspeva da pokrene celo telo i zada nizak udarac nogom iza kolena. Ruši Filipinca kao šibicu, ali u tom pomeranju uspevam da se okrenem paralelno, delić. Gotov sam, steže snažnije i pitanje je trenutka kad će Polutan da bude gotov, a onda će mene obema rukama da dovrši. Pokušavam da se nogama oduprem, ali osećam kako snage nestaje i sve me više hvata panika i talas užasa od neminovne smrti. U tom momentu iz nekog ugla palube se mirno pojavlju kuvar Ho i kao da je u prolazu, mirno, izvlači kamu i zariva je Jozi vešto u srce. Zapanjen iz blizine gledam egzekuciju, još više je zapanjen Jozo kome iz grudi viri drška kame, popušta mu snaga, oslobađa levu ruku i tromo pokušava nešto da uradi, ali u tom momentu Ho, majstor istočnjačkih veština, đonom udara po drški noža i silovito je nabija u telo. Krv iz usta izbacuje Jozo, u neverici je. Samrtnik me ne pušta iz klopke, ali mu je stisak prilično popustio. Iz njega izlazi snaga. Koristim priliku da se iskobeljam. Zatvara ruku u poslednjem pokušaju da mi slomi vrat. Očajnički se opirem obema rukama, guram mu lice, a iz njega mržnja talasa. Predugo traje, čini mi se, kad najzad oči polako gube sjaj i klone. Zadnji pogled, u grču i stisku, poslednje što je video na ovom svetu je moja faca.

Nikad nisam bio u prvom redu kad je neko gubio život.

Pomeram se od mrcine, svi se skupili na palubi, kapetan smireno izdaje zapovesti. Donose vreće pune metalnih otpadaka, tegova, vezuju za noge lešu i uz velike muke, prevrću ga u more. Ode na dno i u pakao. Nadam se. Za njim Filipinac baca satelitski telefon. Kofom vode spira nešto malo krvi što je prsnulo na palubu. Pljus, nema ništa od čoveka. Ma ni traga.

Polutan koji se malo povratio, tužno odgledao let telefona u more. Jedva diše, drži se za vrat:

— Zamalo — kaže.

Vrti glavom. Unose ranjenog Filipinca, na povređenu nogu ne može da se osloni. Drži se rukom za grlo. Dižem se, nalazim snage i silazim u kabinu broj tri. Vijetnamac i drugi Filipinac su već u njoj, zatečeni, kratko me posmatraju, a onda nastavljaju da guraju dijamante i zlato u vrećice. Osećam prisustvo kapetana na vratima kabine. Puši smiren. Uzimam kolt iz fioke, upaljač i cigarete i malu akt tašnu sa dokumentima. Kapetan kratko drži nekoliko pasoša u ruci, premeće ih. Tamnoplavi, crveni i jedan švajcarski crveni. Par zelenih. Možda se dvoumi malo. Može se dobiti dobar novac za te pasoše. Ho dolazi sa metalnom kantom. Pali u kanti benzin i guraju pasoše u vatru. Filipinac se vraća bez vrećica i počinje haranje i pregled ormana, fioka, kreveta. Na vratima se podsetim i vratim do zida, skidam crno-belu uramljenu sliku i samo to iznosim iz jazbine. Ostatak stvari leti u more.

Crno more za Crnu legiju. Kakva simbolika.

Ho mi daje neku gorkoslatku tečnost, Polutan već spava u kuhinji, na stolici zavaljen unazad. Kao da hrče. Ogromno plavetnilo ispod njegovog vrata pokazuje jačinu stiska. Nisam ni ja bolji, ali ne gledam se. Opuštam se. Kao kroz maglu osećam da brod menja kurs.

Nema sna, nema nemira, prazno, koračam u prazno, belo i prazno.

Jutro je. Krmeljiv, suvih ispucalih usana, ukočen zbog neudobnog spavanja, primećujem da brod miruje i da je mirno. Osim galebova i neke čudne buke u pozadini, ništa se više ne čuje. Ustajem, gadno ukočen. U kuhinji nikog nema, kolt mi je za pojasom, kutija cigareta prazna, ali tašna sa dokumentima nestala. Okrenuta naopačke, ram sa fotografijom je još ispod stolice, tamo gde sam ga ostavio pred onesvešćivanje. Pijem mnogo vode, razmrdavam prste i pokušavam da odredim vreme i doba dana. Izlazim na palubu, pokušavam da ukapiram u kojoj smo luci. Pristali smo. Mala luka. Minareti u daljini. Opet Turska? Kormilar drži neke konopce, na pramcu. Gledam dole, onaj nepovređeni Filipinac na klupi meša boju. Opet menjamo ime? Češe se, sa sve četkom po kosi. Ne pada mu na pamet ništa pametno? Curi boja na njegovu prljavu majicu. Gleda upitno u nas. Kormilar sleže ramenima.

— Ming — dobacujem.

Kormilar ponovo sleže ramenima. Ovaj maže četkom.

Opet sam kum brodu. Glava me boli.

Polutan je kod kabine, ne izgleda najsrećnije. Primećujem na brodu neke sumnjive likove. Kapetan je sa njima, obilaze tovarni deo. Gledaju papire. Otvaraju sanduke. Bradati, trojica, u kožnim jaknama. Oko 40 godina stari. Tamnog tena. Odlaze u kapetanovu kabinu. Ho kreće za njima.

— Šta je to? Delegacija?

— A na šta ti liči? — neljubazno odgovara.

Ćutim.

— Kapetan prodaje tovar — najzad mi objašnjava.

Dižem obrve značajno.

Gosti brzo izlaze, silaze sa broda na čamac uz naš brod, očigledno zadovoljni. Kapetan me značajno pogleda. E, ne sviđa mi se taj pogled. Morž je sigurno opasniji nego što njegova dobroćudna faca izgleda.

— Ho nam je sinoć spasio živote — kaže tiho Polutan. Zabrinut.

— Da, juče — potvrđujem. Da nije bilo njega...

— Da. I juče. I sinoć.

Odmah proveravam kolt. Revolver, 6 metaka. Ništa posebno.

Večeramo svi skupa, bez mnogo reči u napetoj i nepoverljivoj atmosferi. Kapetan nas zove u svoju kabinu. Jasno, tamo je Kormilar. Smešno mi, drži u ruci špagin, automat iz Drugog svetskog rata. Buljav i zvaničan. Nemamo mnogo izbora. Morž ispred sebe, na morskoj karti drži i pištolj, C 96. Muzejski primerak.

Jednom mi je jedan bivši mornar rekao da je najopasnije oružje u lukama brodska sajla oko vrata. Kaže, reže sve, kolje arteriju, davi, opoganjuje krv rđom.

Smešno mi, uprkos ozbiljnosti situacije. Žuti drži Špagina kao metlu.

Morž prelazi na stvar:

— Ovo su vaša dokumenta, ovo su vaše plate — baca nam dva smotuljka dolara, novčanice od 100.

Gledamo ga upitno. Trpamo dokumente u džepove.

— Večeras napuštate brod.

Nema hoćeš-nećeš. Sad, večeras.

— Ne poznajemo se i nikad vam nisam bio kapetan.

Klimamo glavom. Jasno nam je koliko je opasno.

— Sat vremena — kaže i pokazuje vrata. Diže obrvu od čekinje.

Brzo se pakujem, vraćam Filipincu vokmen. Leži, noga otekla. Stavljam u torbu, na vrh onih jadnih stvari Remarka i crno-belu sliku, uramljenu. Upaljač mi vraća Ho. Dipon, masivan. Grlimo ga, hvala za spašene živote. Primećujem da je drugačiji, nekako... nekako drugačiji. Ne znam šta je to drugačije na njemu, ali je lice otvorenije. Priviđa mi se. Sprema nam jelo na brzinu. Izlazimo u noć turske luke, klimam glavom ka kormilarnici, Morž je sigurno tamo. Niko nas ništa ne pita, ulazimo bez pokazivanja pasoša. Milina.

Nema hotel, nema motel. Da nas ubeleže u knjige? Opasno je. Luka živi posebnim životom, ali je i hiljadu očiju upereno, prate da zaskoče, da otmu, prevare, napiju. Polutan ima više iskustva. Neće taksiste koji pokazuju rukama sise i na svim svetskim jezicima nude kurve. A pomešani mirisi, ma smrdi kao u utrobi daždevnjaka. Oštar miris mokraće, odrpanac povraća na ulici, sav umazan žutom povraćkom. Ljudi prolaze, guraju se, svako pod svojim mukama. Pomeramo se, uporno kroz gužvu, izlazimo iz prljavštine luke, u miran deo. Na otvorenom pijemo čaj, pred zatvaranje male lokalne čajdžinice.

— Gde ćemo spavati večeras? — pitam, umor stiže, noć pokriva.

— Ćuti, razmišljam — kaže vođa puta.

— A, je li, kako je tebi pravo ime?

— Pa, Milutin. Mile me zovi ako hoćeš. Ili Bronza.

— Bronza? Zezaš?

— Ma jok, a sad ne seri.

Ćutim. Gledaju nas Turci iz lokala, ali učtivo. Daleko smo od luke, pa i interesantni.

Menjamo nešto dolara u turske lire, po izrazito nepovoljnom kursu. Prosto osećam da su svi ovde spremni, u luci, da isisaju, ogule, da ostane samo prazna ljuštura. Opako spremni, koriste u trenu svaku situaciju koju more nanese.

Ulazimo u nekakav bus, za negde, ne pitam mnogo, hm Bronzu, ali nemam izbora. Njegov nagon za preživljavanjem je instinktivan. Sedišta deluju čisto, malo putnika, niko ne obraća pažnju na nas. Zaspim odmah, čim spustim glavu. Mrcvarim se, glava traži pogodan položaj. Smrad me probudi, neopisiv. Već sviće, jutro je sivo, niski oblaci, tamni. Spavao sam neprekidno šest-sedam sati, ne mogu da odredim tačno. Bronza se naslonio na moja ramena, pa mi direktno diše u nos. Pomeram se, zgađen, a vidim da nas sa sedišta ispred, nasmejani, posmatraju dva klinca. Interesantni smo im, jedan u ruci drži plastičan pištolj. Mahinalno prstom pucam u njega, dete prihvata, šalje rafal u mene. Bronza se budi.

— Majke vam ga opičene, što ne spavate? — pa se namešta na drugu stranu.

— Gde li smo? — pitam kao za sebe.

— U majčinu — mrmlja pospano.

Gledam sparušenu vegetaciju, brda i kamenje, smeđu prašinu. Ne komentarišem više, šta imam trošiti reči. Klinac sa susednog sedišta gleda moju zmiju na ruci, pa vadi crni flomaster i pokušava da mlađem bratu nacrta istu takvu. Majka primećuje šta radi umetnik i besno mu otima iz ruku. Grdi ga, a ujedno i sipa besne poglede na mene kao da sam ja kriv. Briše crtež grubo, pljuvačkom vlaži prste, manji se otima, a onda ga šamarom dovodi u red. Sede mirno, tužan. Krupne oči pune suza. Setim se kako sam ja svog mlađeg brata vukao sa sobom i koristio kao stativu na fudbalu. Šta li sad radi, gde je?

Kako je bio smešan u pregolemim čizmama, uporan da stigne mene i moje drugove, trapav. Rastužim se, tako me snažno udari sećanje na taj davni deo života, zasuzim i ja. Sam u nekoj nepoznatoj zemlji, putujem ko zna gde. Sve se mrštim. Pogledam se u čudnom trenu sa klincima, a deca kao deca, krevelje se i smeju, već zaboravila grdnju. Turkinja tankih spojenih usta baca poglede pune besa sa sedišta. Kao da sam joj ja kriv što se udala za debelog brku koji hrče razdrljen i bos sa sedišta ispred nje. Zapažam nožni palac, ogroman nokat preti kao ajkulino leđno peraje. Smejem se, iznenađen.

Ponovo zaspim, kovitlac snova. U nekom stanu, selim se, a gadna gazdarica mi traži još para, maše mršavim rukama, psuje i pljuvačkom me prska, cima me za pojas. Trgnem se, na vreme. Ovaj stariji klipan, umetnik, je primetio kolt za pojasom ispod jakne, pa krenulo dete da lagano izvlači. Gledam ga besno, i njega i njegovog brata, ali ne mogu dugo da se ljutim na decu. Spuštaju poglede i smeljuje se. Turkinja spava, umotana u zavesu, ali me iznenađeno posmatra tata Turčin, brka. Verovatno je primetio oružje. Vidim, mršti se, nabire čelo. Uf, ova budala bi mogla da nam iskomplikuje prelaz granice između Turske i... Shvatim da nemam pojma gde idemo.

— Ej, budi se bre — cimam Bronzu.

— A, stigli smo, a? — trlja oči.

— Ma jok. Nego gde mi idemo, u stvari?

— Pa u Guzijiliju — mrmlja nepovezano kroz polomljene zube.

— Gde?

— A bre, u Gruziju — i nastavlja da, otvorenih usta, proizvodi smešan zvuk.

Došlo mi da se uhvatim za glavu, kakva bre Gruzija. Smirujem se, ekspresno, jer se polako pojavljuju obrisi nečega što liči na granični prelaz, velika se zastava vijori pored.

Gledam uporno tatu Brku, najzad okreće pogled, da pogleda decu i probudi ženu, svi se putnici polako protežu, meškolje, vozač hvata red u koloni drugih vozila.

Pokazujem Brki na kolt, otvaram jaknu levom rukom onda mu glavom pokazujem ka deci i ženi. Stegnutih usana, odlučno vrtim glavom i kazujem: „jok".

Shvata. U trenu shvata šta gubi. Bolje mu je da se ne izleće, ne znamo jezik, može nas začas otkucati. A meni se ne pada u zatvor turski, nemam ja guzicu za takve stvari.

Jebiga, tek sad shvatam rizik prelaska granice.

Ulazimo polako u deo ograđen velikim betonskim pločama, na vrhu dva stražara sa automatima, okolo je žica. Nema tu mnogo mogućnosti. Mrštim se. Lagano vadim kolt i sakrivam između sedišta, pa ga pokrivam turskim časopisom, ostavljenim u džepu sedišta ispred mene. Namerno gužvam i kidam časopis. Bronza i dalje hrče, jebe se njemu. Pitao bih ga koga ima u Gruziji ali odustajem, još nisam prešao tamo. Polako, korak po korak, klizavo je.

Autobus otvara vrata, ulaze dva carinika ili policajca, ne znam, jer su im gornji delovi uniforme isti, ali nose obične plave farmerke. Sumnjičavi kao svi policajci na granicama, overavaju pasoše. Al' će da se iznenade kad vide naše mornarske pasoše. Bronza spava, delimično pokriven zavesom. Motrim krajičkom oka na taticu. Smiruje decu ne baš nežnom rukom. Slutim da ću da budem glavni sumnjivac u celom busu. Grešim, izvlače sanjivog Bronzu napolje i vrše mu potpuni pretres. Izlazi iznerviran, psuje im majku. Uzdržavam se da ne prsnem od smeha. Na Gruzijskoj granici slika se menja, meni carinik rukom prelazi preko listova nogu, pa mi pokazuje da izađem iz autobusa, na detaljniji pregled. Ispod jadne nakrivljene nadstrešnice od bušnog, rđom izjedenog lima me tera da skinem obuću, kao nešto traži. Bronza se kliberi dok sam u čarapama na prljavom kartonu. Pokazuje nisku svojih jadnih zuba iz autobusa. Carinik hvata moj pogled ka autobusu i brzo izbacuje Bronzu na isti takav pregled, kad ga je uočio kako se kliberi. Tera ga da skine pantalone, ovaj unezvereno pokazuje na autobuse, ljude, hoće privatnost. Diskreciju. Ne, carinik odmahuje glavom i pokazuje mu da skine pantalone. Bronza odbija teatralno. Ovaj jedva dočeka. Poziva pomoć. Dolaze dvojica namrgođenih i kako vidim iznerviranih. Jedan briše usta salvetom. Bronza pod jakim pritiskom skida nasred prelaza pantalone i ostaje na jadnim mršavim nogama. Jedna mu je čarapa sivoprljave boje a druga svetloplavoprljave boje. Smejao bih se, ali je to bio izuzetno ponižavajući postupak. Najzad se vraćamo u bus, ostali putnici nas zagledaju ispod oka ili okreću glavu od nas. Začudo, Bronza ne psuje. Ali ćuti. Prelazimo granicu i bus nastavlja do našeg odredišta. Tu se najzad opustim i prepustim daljim događajima.

Vino im je baš slatko i pitko, po ceo dan pijem. Prazne flaše guramo nogama, nekad i ne izbacujemo po pet-šest dana, skupi se. Bronza voli njihovu rakiju, podseća ga, kaže, na rodni kraj. Bio bih grozan kad bih postavio pitanje gde je to, ali nemam srca.

Snalažljiv je, jegulja, umiljat i ponizan, sav curi kao slatko od dunja. Sve ovo je njegovo snalaženje, ja sam upao u nešto nedefinisano, nije ni depresija, nije ni apatija, već nešto što i sami Gruzini poznaju, ali nemaju reč. Možda je najsličnije „žal za mladost" ali nije to, već spoznaja da život prolazi hteo ili ne.

Našao nam je smeštaj, nije baš sa pet zvezdica, ali je podnošljivo. Čoveku treba jedan dušek i fioka za par stvari i ništa. Soba nam je polupodrumska, prozori okrenuti ka pijaci, tamo gde prodajemo. Zgodno, kad zatvaramo „radnju", samo prebacimo gajbe u sobu, kroz prozor, pa se saplićemo o povrće, gazimo male džakove, a od lubenica, otkotrljalih sa gomile, već imam fobiju. Kako god ih naređam, nađe se neka i slobodno se spusti i vazdan visi nasred podruma koji još zovemo i soba. Prodajemo i preprodajemo, pošteno plaćamo, cenkamo slabo i većinom loše, ali ostaje za nas, ostaje za reket i za pijačnu upravu. Od ostalog plaćamo taj podrum. Hrana nije problem, a ni ljubav, tačnije seks. Iznad našeg podruma je javna kuća, ulaz je zajednički. Mi silazimo dole stepenicama, a mušterije se penju na sprat. Dan-noć je ludilo, ogugla čovek na krike i uzdahe, već znam koja jaše, po kriku je poznajem. Mušterije izlaze rasterećeni, neko crven u licu, neko krije pogled, a mladi nasmejani, raskalašni, bučni. Kreveti škripe, kuću drži ista ekipa, mali mafijaši, ali opaki. Ništa se na pijaci ne radi, a da nije pod njihovom kontrolom, imaju oči svuda. Bronza je uspeo da dogovori sve pojedinosti, baš se nisam petljao u detalje, ali deo je fiksni, a procenat ide od naše zarade. Bronza sve to isplaćuje vrlo precizno. Ne pada mu na pamet da ukrade ili zabuši makar i jednu paricu njihovu. Jasno, inflacija je velika, kamara para ništa ne vredi, ali on viškove pametno pretvara u dolare. Ekspert je za lažne dolare, toliko da je i na glasu kod ostalih na pijaci, donose kad nisu sigurni da pogleda, opipa prstima, i sa strane, ne samo prodavci već i iz okolnih pijaca. Znam, čuo sam posle da su nas stalno proveravali da l' zakidamo njihov deo, a kad su se uverili da Bronzi ne pada na pamet tako nešto, a ja da ne marim za pare, onda su nas baš i ostavili na miru, a i često ostajali sa nama na improvizovanim gozbama; na gajbama usoljena riba, vino ili votka i meso, razne vrste slanog, začinjenog mesa. Pijemo, pričamo gluposti, upoznajemo se. Bronza već dobro govori ruski, a već naučio gruzinski te uspeva da nasmeje svojim glupostima. Često nam se pridruže dame sa sprata, piju kao i mi, kad nemaju mušterije, imaju slobodne dane ili kad im se zgadi sav taj muški znoj i ostale izlučevine. Par puta su bile svojski ugošćene, pa su htele da plate, ostave novac, ali ni ja ni Bronza nismo hteli da čujemo. Dovukao je stari gramofon i našao kolekciju starih ruskih ploča, trampio za džak nečega. I tugaljive za moj ukus pesme načisto satiru romantične dame. Po ceo dan vrti iste ploče, a uveče je rasulo, skupi se ekipa, svi palimo cigarete, pije se i mezi, peva... Naročito jak i lep glas ima majušna Tamara.

Toliko je nežna i bleda da je skroz prozirna. Nju ostale često teraju da peva, mole i gurkaju. Nekad je dan slab, malo mušterija, kad su praznici, pa oženjeni moraju kući da budu, sa porodicom. Silaze i danju, spreme nam nešta toplo da pojedemo, boršč često bude ili slična kaša, a na stolu od dasaka čaršav stavile, zavese nam donele. Očistile nam jedan dan ceo brlog i na prozoru cveće u maloj saksiji. Obrisale prozore, zamenile sijalice. Zasijao podrum, zastao sam na vratima sav iznenađen. Prihvatamo ih normalno, nismo puni sebe, ne gledamo u njima kurve, prostitutke, već se ponašamo normalno i drugarski. Poštujemo ih potpuno. Zbunjene su bile u početku, nepoverljive, navikle na svakakve gadosti od muškog sveta, često udarene, prezrene. Navikle na sve, ali ne i na ljudski odnos. Plešemo ponekad, smejemo i zezamo, pijemo mnogo. Sevamo očima, dodirujemo. Tamara, snažna u svojoj nežnosti, Irina, prelepih jakih grudi, Samanta savršenog lica i tela, plavozelenog oka, pa ohola, crna debela Monika, glasna i u smehu i u ostalom, mršava Aneta dečjeg tela, ćutljiva. Agresivna lavica Bojana, posebno plaćena, ljubimica jakih ljudi. Ali umiljatog, plavog oka, mazna. I stroga gazdarica ili kako se već zove, madam, retko se opušta, stegnuta u crnim pantalonama, i muža i brata izgubila u sovjetskoj avanturi u Avganistanu. Sa senkom tuge na licu, par pesama je potpuno ukoče, pa zaboravi na svoju strogoću i plače, krije i plače. Pokaže se, a ne želi. Lokalni mafijaši nas prihvataju, dolaze u goste i donose piće i hranu, opuštaju se, pokazuju bolje lice. Posebno vole sirovu ribu u nekakvoj tekućini od luka. Meni ogavno, kao da jedem žive puževe. Ali se pretvaram, gutam, slinim od mirisa. Mirisa? Smrada, tačnije. A sebe psujem što nemam muda da odbijem. I ljut sam na sebe zbog toga. Možda sam prestrog, ipak smo mi dvojica jadnika što prodaju i preprodaju na pijaci u stranoj zemlji. Nema tu mnogo kurčenja. Ali ne bojimo ih se već se sa njima normalno ponašamo. Plaćamo gde treba, ne galamimo, radimo, dane i noći na pijaci. Nešto smo skoro zakačili kamion votke, ukraden ili nestao iz fabrike, ne pitamo, ali ih obaveštavamo i tražimo saglasnost. Tražimo dozvolu. Njima to imponuje. Znamo red. Posle im donosimo njihov deo, hrpu novčanica. Robu okrećemo odmah, prodajemo, bez istovara. Donosiocu na ruke plaćamo u dolarima, svežanj zelenih odmah menja vlasnika. Bronza je brzo nestao među tezgama i oronulim zgradama i prodao robu, za dva sata ostajemo sa praznim kamionom i nabacanim novčanicama u gajbi krastavaca. Ne mrzi ga, već cele noći skuplja novac, sastavlja u svežnjeve i računa. Negodujem, smeta mi svetlo i to što mrmlja kad sabira, priča sam sa sobom.

„Mile, ovo je dobro", ili „Mile, tatko ti reče od teb ništa neć bude, a glej tova". Smejem se u krevetu, a on viče: „Što se smeješ, će bre vide u selo koj sam ja", sav ponosan na sebe. Mada ni sam u to ne veruje. „Jebem li gi u dupe", komentariše i već zamišlja celo selo u pomenutoj poziciji.

Jednog dana mi uleće Bojana u podrum, već sumrak uhvatio, a ja na stolu sa bocom vina, razmišljam da ovo sa alkoholom ne vodi nigde, ubacuje mi se u zagrljaj i plače, priča nešto, pa psuje. Ne razumem je, trlja razmazanu šminku. Polako kažem, više pokazujem rukom. Skuvam kafu dok se smiruje, sipam vino, nećka se. Ali prihvata. Pričaj. „Nu skaži", kažem na svom šašavom ruskom.

Odmahuje glavom, neće da me opterećuje, ali ipak ispriča.

Pola sam razumeo, pola nestalo dok gledam kako ispod tanke bluze igraju čvrste grudi. A onda krajnjim naporom podignem pogled, a onda me udare najplavije oči što sam video i opet ne znam o čemu ona govori i zašto pati. E, tek na kraju razumem o čemu je reč kad je rekla da neće da se razvodi, a da mu je verovala i sve pare za kuću dala a on „durak" sve popio.

— Durak — kažem zgađen i čudim se kako budale mogu tako da nafiluju devojke da im daju sve pare i plus pate za njima. Još ih, ono, zajebavaju do mile volje. Nastavili bi mi razgovor na drugačiji način, jer je već počela da ulazi u moj zagrljaj kad je, jako diskretni i uviđajni Bronza strčao sa stepenica u svojim cokulama, dva broja većim i sa zgužvanom novinom dotrčao do mene izbezumljen.

— Pa mi smo potopljeni, 'ebem ga, sve smo se podavili.

Dok je prebacivao tikvice iz gajbe u gajbu našao stare novine na dnu gajbe na nekom nepoznatom jeziku, ali prepoznao sliku broda i uspeo da protumači šta se desilo.

Datum, tri dana od kad smo slavno napustili Šinu/Ming. Tumačimo:

— Bla, bla, bla... brod imena Ming potonuo u Crnom moru, SOS signal poslat, nema preživelih... bla, bla, bla, 12 članova posade, teret delovi za traktore i mineralno đubrivo, u posadi Filipinci, Vijetnamci, Makedonci i Bugari. Spasilačke službe nisu našle preživele. Razlog potonuća nepoznat. Bla, bla, trt.

Gledamo se i brinemo, šta je sa onim dobrim momcima? Ovako se brišu tragovi, nema broda, nema problema.

Uznemiren sam, vest me nekako dotakla. A i Bronza šeta po podrumu i ponovo sriče reči koje ne razume. Opominjem ga da nam je tezga prazna, ali ne vredi te izlazim ranije na posao, tužno gledam Bojanu koja se premeće na mom krevetu i smeška se dok se izazovno izvija. Zateže se košulja boje kajsije preko grudi. Kosa rasuta. Nešto mi priča, šapuće, ali ne razumem. Brzo će Bronza, za par sati je kao nov. Da, samo se prazno nadam.

Tek uveče je izašao iz podruma, kada sam sparušen i suv kao špargla počeo da kroz prozor, ne mareći, ubacujem u podrum male džakove, pa i ostalu robu.

Samo je rekao: „Znaš li šta ovo znači?", i krenuo da sakuplja gajbe. Slegnuo sam ramenima. Bilo mi je dosta tog podruma. Bojana je, normalno, otišla da se sprema za posao. U sumrak sam krenuo na brdo ka staroj tvrđavi iznad grada. Dođem do zidova, ali nikako da se popnem. Razlog banalan.

Mali, debeo, ružan. I sa jednom kraćom nogom. I zloban kao sam đavo. Vođa bande prosjaka, crni i prljav, gadan, umršene divlje kose, neodređenih godina, na kapiji starog grada prosi, krade, otima tašne i cereka se kao lud sa zidina. Izbacuje najogavnije psovke, pokazuje međunožje. Huli. Sakriva se u katakombama tvrđave, podrumima, kanalizaciji. I ima lud poriv da me gađa kad god me vidi, kamenjem, blatom, granama, flašama. Ta bezrazložna mržnja mi nije bila jasna. Pokušao sam lepim, krotko sam trpeo gađanje blatom, spreman da okrenem i drugi obraz. U tome je bio neumoran, pa kad me je zasuo količinom zemlje omanje njive, odustao sam od tehnike Gandi. Na kraju sam ga vrebao da ga uhvatim i bio u nekom strahu od besa koji se rađao u meni. Šta kad ga uhvatim? Kojom težinom će se moja ruka spustiti na to prljavo lice? Prikradao sam se ulazu u tvrđavu, ka kapiji na kojoj je uvek visio, često bos. Ali bi mu jak instinkt odmah okretao glavu i vešto bi se, kao majmun popeo na svod i sa tvrđave likovao i pljuvao prave žute bombe. Ponavljao sam sebi da je to dete, napušteno, prosjak, beskućnik, da mora tako da se ponaša, jer nije naučio na bolje. Postalo mi je opsesija; svi su lagano šetali zidinama, osvežavali se i gledali luku sa visine, brodove, hvatali osvežavajući morski vetar i pili kafu u restoranu međ debelim senkama zidova, a ja se vrteo i strepeo da li će mi mali prljavac rascepati glavu. Tu je bila i moralna dilema, da li ga treba posmatrati kao običnog neprijatelja i zanemariti to što nema dovoljno godina ili se ipak postaviti čvrsto i surovo prema nerazumnom derištu. E, onog momenta kada sam se probudio zbog noćne more gde sam u besu stezao za vrat njegovo iskeženo prljavo lice, tad sam video da je stvar otišla predaleko. U stvarnosti je deo jastuka završio rascepan u mojim rukama, ali me je količina besa zapanjila. Zabrinuo sam se, nešto nije bilo sa mnom u redu? Pomno sam počeo sebe da posmatram. Jedem, pijem, spavam, pijem, ništa čudno. Prodajem robu, šalim se, pevam. Opet delujem normalno. I normalnije sto puta od Bronze. A opet hoću onom malom đavolu da zavrnem šiju. A to je dete. Jeste, dete. Nemam s kim da pričam o tome, nit bih da se žalim ovim ludacima oko mene. Izgubio bih neko poštovanje čim takvu sitnu stvar ne mogu da rešim. Gledam ih, nemaju milosti. Odavno bi prebili klinca, izgazili i otišli na votku. Tako se uspostavlja red u njihovom svetu. Golom brutalnom silom. I nemaju dilemu da li je to prava stvar, nit ih muče moral, snovi ili preispitivanje. Uhvatim sebe kako im zavidim. Prosto se sebe zgadim, ali im zavidim. Poštovanje koje im se ukazuje je realno, opipljivo. Sigurniji su u sebe, lišeni lažnih dilema, odabrali da budu vukovi, a ne ovce. I trpe. Izbor nije lak i vuče prilično bede i zatvorskih poniženja i batina i padanja. Gadno je što posmatrajući ih ovako izbliza, puni novca i moći, svega što mi nedostaje, gadno je što počinjem da im zavidim, bolesno inficiran snagom kojom sam sebi vratio samopoštovanje još kad sam Bucku Bobiću sunuo u lice sve što nisam milionima koji su po meni pišali, a u ime lažnog i glupog pravila da „pametniji popušta". Jes', moj. Pametniji je budala, ako ikada popusti glupljem od sebe.

Ne vredi — bes koji je tinjao u meni, pod uticajem vina i gubljenje vremena u ovom prljavom podrumu samo je rastao. Znam se, dugo smo ostali na jednom mestu. Kao voda, kvari se, buđa, močvara se stvara ako se ne kreće i nosi, ako ne huji po stenama i kamenju. A pare se skupljaju, gomilaju, a Bronzi se ne ide dalje, prija mu ovakav povrtarski život, sve više pominje mogućnost da se kupi neka njivica i krene sa proizvodnjom. Gledam ga kao da je skrenuo pameću. Znam da ima logike u tom razmišljanju, ne sviđa mi se, ali ne nudim nikakvo drugo rešenje. Ludim u svojim lavirintima. Bes mi ublažavaju dame sa sprata, ronim u njima, tešim se, besplatno. I ljubim sa njima, jednom, drugom, jer ko zna o njima išta, zna da se kurva ne ljubi sa mušterijom jer je, kao, ljubljenje intimnije nego sam odnos. Čudan moral, u čudnom poslu. I prija mi i ne prija. Ako je kurva nije čudovište, žena kao žena. I ako direktno naplaćuje zar je to nešto neobično u ovom svetu poremećenih vrednosti? Nema laganja, to što vidiš i platiš, to i dobiješ. Dobiješ možda manje, ali više ne. A opet, opet sa strane gledam se i plašim padanja. Čini mi se da padam i padam, da se kraj ne nazire. I ne umem da objasnim, da nađem početak padanja. Imam vremena, mozak vrti i radi svoje, preuzima ulogu i sudije i dželata. I teši, noć ume teška da bude. Prljava pijaca obasjana jadnom žutom svetlošću, iz perspektive podruma izgleda još bednija. Trčkaraju pacovi i jure se mačke i psi, otimaju oko nečega. Bauljaju beskućnici i pijanci, kao sive i mutne prikaze čoveka, škripe kreveti na spratu, kurve uzdahe izvlače, jauču, i pevaju srećni klinci, upoznali ljubav žene preko reda. Bronza broji u snu, raspravlja se sa nekim oko nekog pluga ili merdevina, dokazuje da je lopata njegova, noćne more njemu ne dolaze. On je noćna mora sa svojim pričanjem u snu, na nekoliko jezika.

Dolazi vreme po mene, moje izgubljeno. Posežem za flašom, omiljenog slatkog crnog vina. Teče, gusto kao tečan puding. I podiže me, sprat po sprat. Desno je kolt, nekoga koga su ribe već izdubile, ako je išta ostalo od njega. Držim ruku na oružju. Ne preti nam nikakva opasnost, niko nas ne smatra pretnjom, ali sam čudno siguran kad mi je ruka na njemu. Kao nekakva kotva, drži me da me oluja skroz ne odnese. Hoće čovek da poludi, sam od svega. A težina revolvera mi je kao kamen na kaci kupusa, pritiska poklopac. Hladan metal donosi čudno olakšanje. Nije normalno, znam, da je oružje nešto što smiruje, ali u ovom svetu gde sam trenutno, to mi je jedini garant da mogu uspravno da živim i umrem, ako treba, dostojno kao čovek. Gutam paklu njihovih cigareta, posle mnogo vremena našao odgovarajuću sortu duvana, mirišljavog i snažnog, malo oporog ukusa. Sve njihovo mi prija. Vreme, vino, hrana, žene. Ljudi su drugačiji, čistiji računi, direktni. Ima gadova, normalno, ali ih Bronza, kao tampon upija te do mene ne dolaze da mi kvare mir u kome se nalazim. Obavijen kao u čauri, puštam da prođe samo ono što mi prija. A sve ostalo ostaje ispred opne. Brat, otac, pa ona, pa problemi u zemlji i sve to. Sve ispred, kao kad čovek izuje prljave čizme pre ulaska u kuću. Zvao sam par puta kući. Niko se nije javio. Dovoljno za brigu. A u isto vreme i odluka, ako im je neko načinio nekakvo zlo, duboko ću ga zakopati. Oko toga kod mene nije bilo dileme. Čovek mora da postavi granice i prema drugima i prema sistemu i prema državi. Racionalni deo mene kazuje da otac nije ni voleo da se javlja na telefon, zna gde sam ja, zna gde je brat. Ko god zove ili javlja loše vesti ili traži nešto. Brat je večito zujalo, ko zna kad je kući. A ako spava neće se taj trgnuti zbog telefona. Te se tu smirujem. Ne mogu uopšte da utičem na događaje kod kuće, ali znam da mogu da saniram posledice. Stežem kolt čvrsto rukom. Trgnem iz boce. Neko silazi niz stepenice. Jedan od njihovih mafijaša sa pijace. Važno saopštava da nas Oleg, njihov šef, zove na njihovu proslavu nečega. Tu i tu da dođemo, da ne budemo slučajno zakasnili, Oleg ne voli da se kasni. Ode.

Šta li je sad? Pitamo se. Što bi nas, pijačne miševe zvao gazda na svečanost?

Ceo dan radimo sa tim pitanjem u glavi. Pomišljam čak da odem sa revolverom na večeru, ali onda shvatam da mi to i nije baš pametno. Ako me pretresu, a hoće sigurno, kako da objasnim. Odustajem. Čista mi je savest. To ne mogu da mi uzmu. Bronza sa radošću prima vest, vrti se kao mlada nevesta pred prvu noć. Proba odelo kupljeno na pijaci, glanca braon imalinom cipele, uzdiše, počinje da me nervira. Čudno nervozan, iz kreveta se prvi put izderem na njega, prasnem, sam sebe iznenadim. Jebote, počeli smo da se gušimo, davimo jedan drugog. Izbljuje iz mene, silovito pražnjenje, pa se posle čudim šta mi bi. Bude mi malo lakše, kao oslobođen od otrova, ali me stid gubitka kontrole. I obično povredim. Jebiga, sutra uz kafu se uljudno izvinim Bronzi, prosto mu je bilo neprijatno, maše rukama, kao u redu je, nebitno. Vrti glavom, pravda mene, pokušava da smanji svoje dostojanstvo, da se ponizi, kao nije on vredan tolikih reči. Ne dam mu da padne. Dovoljno sam ga ja spustio dole.

Možda je tebi nebitno, kazujem sebi, ali meni jeste. Osećam se bolje, kao neko ko je priznao grešku, sa namerom da je ne ponovi. Taj dan prođe brzo u primanju robe, raznim cirkuskim zezanjima. Bronza priča više nego što je uobičajeno, a obično ne zatvara usta. Ali mu je danas krenulo, pa je sav srećan molio Moniku da mu ispegla košulju. I bio silno ljut kad sam mu rekao da boja košulje ne ide uz odelo a odelo ne ide uz cipele.

— Pa kako ne ide? — širi ruke. — Ti me zajebavaš? — pokušava da vidi blesak u mojim očima. Umem tako da ga, dobroćudnog, zezam. Ali nije, ovaj put sam ozbiljan.

— Ne ide čoveče, ne ide tamnoplava košulja, crno odelo i žute cipele.

Odnegde dovukao cipele. Boja je neka... nešto kao prljavoglinasto žuto. Aha, ja uvek umem da opišem boje, nema greške. Nekako ga ubedim da bar uzme crne cipele, neke moje, ali i dalje je nepoverljiv, misli da sam ga ubacio u mašinu. Najzad, kad se uverio da mislim ozbiljno, uzeo je da glanca crne cipele, a sa žaljenjem gleda ka svojim. Nemamo mnogo mogućnosti da idemo po prijemima, pa nam je modni ukus zakržljao potpuno.

Tačni smo, pred lokalom gomila starih zapadnih automobila. Inače su svi vozili moskviče i žigulije. Jake, teške i neudobne mašine. Od tenka se razlikuju samo što je preglednije za vožnju. Troše kao tenk. Te je statusni simbol bio zapadni auto, za početak bilo koji, ali najbolje mercedes. Gazda Oleg je vozio, tačnije vozili su ga u mercedesu. Malo stariji tip, ali očuvan. Naravno, na ulazu su nas pretresli čak su i flašu pića — viski, izvukli iz kutije. Mesto koje smo dobili u velikoj kafani je značilo da smo ovde da popunimo broj — mi mu dođemo kao siromašni rođaci iz provincije.

— E brate, glej ovo — Bronza je odmah počeo da se oduševljava, al' meni je smetala promaja iz kuhinje. Opet mislim da smo dobro prošli, mogli smo da dobijemo mesto pored WC-a. More, nema veze, da upoznamo tog Olega koji je sa ekipom bio glavni za pijacu i oko pijace. Njihovi mafijaši su na vreme podelili kvartove. Da upoznamo tog „našeg" šefa, pa da popijemo i pojedemo, a bogami, neki će i da ponesu nešto. Bronza voli slatkiše, trpa u džepove koliko stane. Cele noći šuška po krevetu kao miš. I, kad se vratimo nazad u podrum, uzimam pare i penjem se na sprat kao mušterija. Nešto me izbija da budem lud. Nešto me izbija da sam loš. Odakle to? Mora da ima razlog, ali ne mogu sad da razmišljam, pokušavam da razumem ko je ovde posle Olega glavni i ima li igrače iz senke, a on samo klovn. Svi se ljube sa njim, to su široki osmesi i čvrsti zagrljaji, njegovi ljudi sa pratećim damama, ne liči mi da su zakonite žene, sve mlađe i sa minimum odeće na sebi. Za gazdinim, centralnim stolom je više mladih i lepih dama sa par tipova; ne mogu da shvatim koja mu je najvažnija. Muzika je neka vrsta njihove lokalne brze muzike sa ruskim šlagerima ili laganim tužnim pesmama. Tu svi padaju u setu i tugu. Hrana, svega i svačega, očigledno preterivanje. Za našim stolom je par ambicioznih tipova ogavnih faca koji su smeštaj dalje od gazde a sa nama, bednim prodavcima sa pijace, shvatili kao golemo poniženje, te nas podmuklo gledaju. Njihove dve pratilje se razmetljivo javljaju levo-desno, cmaču sa isto takvim deblima, a onda podmuklo ogovaraju. Tipovi utapaju bes u velikim količinama votke, samo čekam da im njihovi akrepi prigovore što su ovde, za ovim stolom, pa da padne nokaut u prvoj rundi. Hijerarhija je zajebana stvar, nečija sujeta ne može da podnese ovakve šamare. Oko gazde je i dalje gužva, a on lično dočekuje važnog gosta. Tip i harizmom pokazuje da je neko i nešto, ume da se postavi, a izbor garderobe pokazuje rafiniran ukus. Skupo odelo, zapadni kroj, uz telo. Bleštava bela košulja. Držanje bivšeg oficira ili nekog ko zna kako se komanduje.

A Bronza je već uspostavio kontakt sa Buljavim — tip sa njegove desne strane. Neumerenim laskanjem, uvlačenjem i votkom. Ume taj, kao crv probuši, počne bezazlenim pitanjima, a onda se taj neko, da pokaže kako je važan, raspriča naširoko. A Bronza zine, kao neobavešten u njega i samo viče: „lele, ma da l' je moguće", ili ono njegovo: „lelke si ga nama".

Posle tri sata se već grle i neumereno piju, ispovedaju se jedan drugom, pričaju u isto vreme. Supruga Buljavog, gospođa Buljavica, žena koja pogledom isisava život, trza sako mužu, da drži do sebe i smanji stepen bliskosti sa pijačarom. Buljavi ne mari, već joj sporo ali odlučno pomera ruku. Glavni gost, prosedi i ukočeni, ustaje i sa pratnjom kreće ka kuhinji. Svi se uskomešali, podižu se. Prolazi pored nas i ulazi u kuhinju, drže mu pokretna vrata, da se zahvali šefu kuhinje, šta li? Mi sa stola, pola sedimo, pola zbunjeni ustali, poštovanje i nepoštovanje se u njihovom svetu ceni ili plaća, kako kojom valutom. Iz blizine, fasciniran čovekom koji tako nosi moć, direktno ga zagledam, a kad je iz kuhinje izašao, praćen svitom opet ga direktno pogledam, toliko drsko, da je zastao za tren i jedan kratak pogled uperio u mene. Samo znam da sam pomislio da ima oči kao Tito, presekao me pogledom, ne mržnjom ili besom, već nekom hladnom snagom plavih očiju. Njegova lična pratnja odmah je uvežbano zastala i zadržala poglede ka nama. Ništa se ne prepušta slučaju, svuda je mogućnost da je neko spreman na sve. Klimnuo je glavom, svestan da ne pripadamo ovamo i nastavio ka izlazu, praćen gazda-Olegom i njegovim ljudima. Završio je pokazivanje moći, ispoštovao poslovnog partnera, učvrstio njegovu poziciju.

Dovoljno da se zna ko je ko.

Gazda-Olegu je pao kamen sa srca kada je otpratio uvaženog gosta, to se videlo po velikom osmehu. Odmah je skinuo kravatu a onda i sako. Na signal svoga gazde i njegovu podignutu čašu i njegovu pola razumljivu besedu na mikrofonu svi su oduševljeno aplaudirali, na zdravicu ispili do kraja i polomili čaše. Onda su besno nastavili da se raduju i vesele nečemu. Uhvatio sam momenat da pitam Bronzu šta je saznao, njegov novi drug do groba je otišao da piša ili šta već, te iako je zvao Bronzu da idu zajedno, ovaj je uspeo da se nekako izvuče od te preterane bliskosti.

— A ko je ovaj sedi, ko je to bio?

— Ma bivši iz KGB-a, on drži ovaj grad i luku, neki Vjekoslav.

— Kako reče?

— A be Vjekoslav, Vjeroslav, jebem li ga — mrmlja polupijan.

— Ajd' probaj nešto da saznaš još — pokazujem mu pijanog druga koji od toaleta pokušava da povuče rajsferšlus nagore. Pijem i ja, ali ovo nije... Kako god da se zove, tip nas je primetio i uskoro će sve da zna o nama. A koliko god pobegli daleko, ipak smo umešani u gadnu stvar, tovar je nestao, brod je potonuo, neko mora da plati za sve to. Nije mi svejedno. Olegu i njegovima nije na pamet padalo da muče mozak o tome odakle smo mi sleteli i šta radimo ovde. Ali nivo tog Veke je očigledno visok, još bivši oficiri KGB-a, lele, što bi rekao Bronza, nisu naivni uopšte. Prestajem sa pićem, pokušavam da otpratim situaciju do kraja u kafani. Primećujem za gazdinim stolom, staloženu i mirnu facu, odudara ponašanjem, nije pijan, još uvek ima kravatu i lagano i hladnokrvno posmatra okolinu. Većina je na podijumu, pijano pokušavaju da igraju, pljeskom bodre gazda-Olega koji pokušava da ostane na nogama i izvede nekakve pokrete dok muzičari ne prekidaju, oblepljena novčanicama. Srećković, za koga se gazda drži da ne padne, sav zaljubljen ljubi i grli Olega kad najzad uz glasan smeh odustaje od igre. Svi su znojavi, mokri od znoja, ali niko ne prestaje sa slavljem već se međusobno grle i u uskom krugu, oni najvažniji piju i nazdravljaju. Sitni igrači, sa mladim devojkama koje pokušavaju da pređu na viši nivo oduševljeno dodaju svoj deo zabavi, vriska, cika, aplauzi. Svi pokušavaju, ulizički, da zauzmu bolju poziciju ne bi li bili primećeni od strane glavnog. Mislim da se ni proslave u boljim firmama ne razlikuju mnogo od ovoga. Uvek ima neki dežurni klovn koji razdragano podiže atmosferu, uvek ima neko koga zajebavaju, a on trpi, uvek su tu pretendenti na presto i razne struje kao i preletači i oni koji iz senke pokušavaju da pogode ko će ojačati, a ko pasti, na osnovu ponašanja glavnog prema njemu. Naravno, veliko klupko intriga i lepih i ružnih žena. Na kraju, Oleg zaljubljeno grli večerašnju prvu damu dok se par njih koje su ispale iz igre kiselo smeškaju i drsko flertuju sa preostalim vođama. Na čudan način razjasne i naše proslave, sad iz već bivše firme, na koje baš i nisam voleo da idem, te su se nedolasci smatrali maltene kao lični napad na vođu.

Ne voliš da piješ, ma ima da piješ. Bolestan si, da ozdraviš. Bolesno ti dete, doktor će to da sredi. Slušaš klasičnu muziku, a to kući da slušaš. Imaš žulj na stopalu, ne možeš da igraš kad je naša glavna pesma, ma ima da igraš krvavih stopala. To se meni desilo, imao sam opasan žulj i jedva došao na proslavu, ali kad su se svi podigli u kolo u slavu naše Revolucije, tadašnji sekretar Partije me je, ne mareći za moje objašnjenje i pokazivanje ka tabanu, izvukao sa stola i uz maltene naređenje naterao da okrenem nekoliko krugova. Patika je bila baš krvava, šta je to malo moje krvi na oltar Partije, mnogi su više ostavili ako to zahteva naš Vođa. Od tad imam sklonost da se ne pojavim. Ali to je običan autogol. Nepoštovanje je gadna stvar, tvrdim. Ili ako te neko kao takvog proglasi. Ma jedva dočeka. Tvoj pad je stepenica za njega, popne se preko tebe. Utoneš u blato, posle beže od tebe. Imam li kugu, a? Uhvatila me votka kad sâm sa sobom pričam, svađam se sa nekim nevidljivim likovima. Sad sam se setio da isterujem pravdu, hiljadu kilometara daleko. No koja vajda, i tamo sam bio sâm protiv svih. Mnogo pišaš uz vetar, ne jednom mi je ćale govorio. Najgore što znam da je bio u pravu.

Onako pijane dovezao nas je do pijace naš novi prijatelj, još pijaniji. Dugo su se lupali po leđima i grlili on i Bronza. Komiran od svega, Bronza je otišao da spava, a meni đavo nije dao mira već sam se popeo na sprat. Iako je bio polumrak, prepoznale su me sve. Pogled dama nisam uspeo da uhvatim, ali mi je njihova gestikulacija bila čudna, kao da su pogledima brzo razmenjivale informacije, kao što žene nemušto umeju. Moguće da su i imale neki jezik znakova, rade sa svakakvim ljudima. Zaustavio sam jednu, novu i nepoznatu i pitao za Moniku, pokazala mi je niz hodnik, prošao sam pored šanka i niza separea gde sam i prepoznao pojedine devojke, uvijale su se golih grudi nad zapenušanim mušterijama. Na podijumu je, dok je grmela jaka muzika, neka razgolićena pokušavala da, erotskim plesom podigne atmosferu. Nezainteresovano se mazila po velikim grudima. Spuštena glava i duga kovrdžava kosa su joj pokrivale lice. Na kraju hodnika, vrata su bila poluotvorena, unutra je bilo prigušeno svetlo. Zastao sam, lagano kucao i ušao. Veliki krevet i teške zavese boje cigle, lepa stona lampa i na mnogo jastuka podbočena, sa cigaretom, Monika. Iznenađeno me je pogledala i ustala, pogledom me je pitala više stvari, ali je samo upitala da li je sve u redu.

— Da, vse je na red — klimnuo sam glavom.

Nagnula je glavu i malo oštrije pitala što sam ovde. To me malo i uvredilo, što, ja sam klinac, dete?

Umesto odgovora sam izvadio hrpu novčanica i pružio joj.

Da, beše kasno, njen pogled je pokazao gadno razočaranje iako je pokušala da se nasmeje, to je ispao više grč nego osmeh. Uzela je pare nervoznom kretnjom i onda mi ih svirnula u glavu. Razletele su se po sobi. Rastreznila me je odmah.

— Je li, prikane, ne primećuješ da ove snajke odozgo ne dolaze nešto? — pitao je Bronza i vešto nožem otvarao konzervu sa tunjevinom. Pokazao je pogledom na gornji sprat.

— Aha, rade mnogo — pokušao sam da izbegnem razgovor na tu temu. Stepen bednoće u kome sam bio je mogao samo ćutanjem da bude smiren. Nije mi se baš pričalo.

— Ajde da poližemo ovo, pa je vreme da se kreće — gleda zabrinuto na sat.

Ni njemu se baš nije išlo, ali nismo imali izbora. Za nekoliko dana posle one velike pijanke stvari su izmakle kontroli. Počeo je mafijaški rat, rat za teritoriju, grad sa lukom je bio predmet nove podele, te je veći deo Olegove grupe bio po dokovima ili na drugim zadacima, plus par jakih obračuna sa nekoliko ranjenih. Banda od koje se otimala teritorija nije htela mirno da posmatra te je oštro odgovorila. Čečeni i Azerbejdžanci, sa nešto Gruzina. No, po mirnoći na pijaci smatrali smo da nas se to ne tiče, ali su nas ipak angažovali, u velikom manjku ljudi. Da budemo vozači i nosači, najverovatnije. Ubrzo je Bronza otišao da preuzme auto, a ja ostao sa svojim mislima. Baš sam se osećao gadno, u pokušajima da ne mislim na pređašnje događaje, krenuo da čitam, pa batalio zbog nedostatka koncentracije. Nameračio sam se da šrafcigerom otvorim prastari nemački gramofon i eventualno opravim kad je, uz uobičajenu buku strčao Bronza i povikao:

— Ajde de, idemo — neka ga je nervoza drmala. U koloni od tri vozila, gde je Olegov mercedes sa Olegom na zadnjem sedištu bio u sredini, nama je pripala čast da vozimo olinjalu narandžastu opel askonu, prvi u koloni. Glavni je važno mimikom pokazao nezadovoljstvo što nas čeka, ali se nismo mnogo obazirali na kritike.

— Ovija popizdili nešto — kratko je komentarisao Bronza dok je startovao staru mašinu. Unutra je smrdelo na cigarete, pepeljara je bila prepuna, par flaša votke se nalazilo svuda u kolima, propala sedišta, prljava. Rupe od cigareta, prljav sunđer ispada kroz dronjave presvlake. Sa gađenjem sam seo na mesto suvozača.

— Gde idemo? — upitao sam. — I koj moj nas uvlače u to?

Koncentrisan na put i menjač, malo je kasnio odgovor.

— 'Ebi ga Baki, 'oćeš jebeš, 'oćeš jedeš, mora nekad i da platiš. I ne se štrecaj tolko, ič neje opasno, ovija samo nešto si izmišljaju, stra gi od ludi Talibani.

Na mestu gde je put bio pun velikih rupa i kratera, Bronza je mnogo usporio u pokušaju da nađe način da izbegne upadanje u rupe i dodatno pocepa opela. Pored puta je bio parkiran ruski kamion sa svetloplavom obojenom kabinom, gde je tip zagnjuren u motor nešto popravljao. Za vozača kamiona je imao skupu crnu kožnu jaknu.

— Stani — dreknem.

— A? — upilji Bronza u mene.

— Stani bre kad kažem — izderem se jače. Levom rukom mu zadržim volan.

Ukopa ga u mestu, jako nagazio kočnicu, iza nas i ostatak kolone naglo koči.

— A bre, šta ti je? — negoduje.

Ovi iza nas pokušavaju mimikom da upitaju šta je, rukom pokazuje Olegov vozač da nastavimo, maše i psuje. Garant.

Ako sam se zajebô... Gledam — tip i dalje rovari nešto po motoru, popravlja nešto, šta li, i utom izvuče iz motora kalašnjikov.

— 'Ebaga — viknu Bronza.

— Dole, dole.

Još jedan tip iza kamiona izađe, spreman, i počeše da pucaju. Uvlačimo se, hitri, klizamo kao pingvini, po nama prska staklo šoferšajbne, po autu dobuju kuršumi kao grad po limenom krovu, otvaram vrata auta, Bronza je već na asfaltu, nabio glavu.

— Pištolj, pištolj — derem se.

Zalegao sam iza vrata i iza točka, pola sam u rupi na putu, u prljavoj vodi. Menjaju okvire.

— Tu, u kaseti, tu — mrmlja polupodignute glave Bronza.

Levom rukom iz više pokušaja otvaram kasetu i preko nekih krpa i hartije i salveta napipam pištoljče, malo, 6,35 mm, prdavče.

— Ovo? Ovo? — derem se rezigniran, dok druga tura leti na nas, opasno udaraju kuršumi blizu. Niko ne odgovara na napad, miševi iza su nosem u blatu. Repetiram, i u pauzi dok opet menjaju okvire ispalim poludignut kroz slomljeno staklo vrata sve konfete u pravcu kamiona. Pik, pik... ode sve, prsne njihova šoferšajbna, slučajno pogođena. Bez nišanjenja, čista sreća.

Čekamo, ležimo u prljavoj vodi, gledamo se ispod auta, prljavom rukom mu mašem da bežimo nazad. Povlačimo se, puzimo prljavi kao prasci.

— U svakom ratu ima izdajnika — mislim.

U al' sam se zajebô. To sam glasno rekao u kancelariji gde Oleg nervozno šeta, zabrinut, i svi ćute, to odjekuje kao bomba.

— Što toi rekao, što toi rekao? — nervozno pita, vrti debelim rukama. Pomeraju se od mene kao da sam kužan, prevode mu ono što sam izlajao, pažljivo me posmatra. I on i ja i svi u kancelariji mislimo isto, neko je izdao vreme i mesto prolaska. Zaseda je planirana dobro, na krivini i delu puta, gde zbog oštećenja mora da se vozi polako. Srećom, osim par posekotina od parčića stakla ili lima, nije imala strašne posledice.

Gleda u mene, razmišlja, možda misli da je zagrizao veliki komad. Da se ne zadavi?

Ćutimo, dok se sećam priče o lobanji u pesku.[2]

---

[2] *Negde u pustinji, u koloni karavana, jahač je primetio lobanju i upitao u šali: „Lobanjo, lobanjo, ko tebe ovde dovede?".*
Lobanja je odgovorila: „Reč".
Konjanik je zaustavio karavan i odneo lobanju koja govori kod Velikog vezira.

Rekao mu je: „Ako lobanja stvarno progovori, bićeš bogato nagrađen. A ako ne kazuje ništa, odseći ću ti glavu što si zaustavio kolonu".

Dok je karavan išao dalje lobanja je pitala odsečenu glavu: „Šta tebe ovde dovede?".

Jebem ga, kad sam usrao da idem do kraja.

Krećem.

— Ovako ne može — prevode. Shvatam da Bronza koluta očima.

— Šta ne može? — polubesno me gleda Oleg. Unosi mi se u lice.

— Ne može da nema jakog oružja u kolima i da su automobili loši i slabi, spori. Blindirani treba. Da nema radio veza između auta u koloni. Da se nabave vojni sistemi veze. I pucamo praćkom na neprijatelja.

Prevode mu brzo, Bronza pomaže u prevodu. Oleg me pažljivo gleda. U oči. Ne trepćem. Ćuti. Ćela mu je pokrivena slabom kosom, oznojena.

Dok Oleg razmišlja, jedan od njegovih bliskih me verbalno napada, priča brzo gruzijski, ne razumem ali vidim da pokušava da me omalovaži, verovatno: „šta bre ovaj zna".

Neko se našao pogođen mojim zapažanjima. Oleg ga smiruje.

Odgovaram brzo zmiji što palaca, pokazujući na Olega:

— Gazda ti je živ zahvaljujući meni, a kol'ko si ti metaka danas ispalio?

Svi se okreću ka njemu, čak i Oleg.

— Da, skoljko ti patroni...? — počinje pitanje pa mahne rukom. Miljenik je ispao iz igre.

Gleda me sa mržnjom, moram se paziti te zmije.

Pita šta predlažem.

Promena vozila, promena garderobe njega i svih njegovih. Ne razume zašto.

Objašnjavam:

— Niko vas ne uzima za ozbiljno dok ste tako (htedoh reći kao cirkuzanti) obučeni. Pogledaj — pokazujem mu jadnu gomilu u farmericama, glupim košuljama i staromodnim odelima od šarenog materijala, plus nekoliko u izlizanim kožnim jaknama. Stvarno jadna gomila prosjaka. Podsete me na moje matursko veče. Ha! — Pošto je rat u toku, da se angažuju bivši vojnici i da se ljudi ozbiljno naoružaju i krenu da vežbaju pucanje — predlažem, sav u elementu.

Bronza šapuće:

— Prestani, sad si preterao.

Oleg ima istančan sluh, okreće se i pita šta je Bronza rekao.

— Da se stavi obezbeđenje Gazdi — pokazujem na Olega. — I da ima više telohranitelja.

Vadim Bronzu, on klima glavom i dobacuje:

— Gazda je najvažniji.

Olegu to prija, vraća mu samopouzdanje, prijateljski rukom tapše po ramenu Bronzu. Zovu ga na telefon, pozdravlja se sa nama.

Odbacuju nas do našeg podruma, do pijace, ali sad sa više poštovanja.

— Ja haću puljamot tam — pokazujem na gepek, hoću mitraljez pozadi. Vozač vrti glavom. Misli da sam ozbiljan. Bronza uzdiše i gleda u nebo.

Vest o pokušaju atentata se pročula na pijaci, ljudi sa pijace su kao mala porodica, familija skoro. Sa terase nas gledaju devojka sa sprata, izlazimo čili i prljavi, kurčeviti. Krajičkom oka gledam ka Oholoj. Ne vredi, santa leda namerno gleda negde daleko. Ma nije bitno, imam proveren metod kad zajebem stvar, pravim se da nisam ništa uradio. Metod: „ukakio sam se, al' je bar toplo".

Ojačavamo, silno ojačavamo. Novi ljudi iz vojske, veterani, prekaljeni, začas sređuju protivničke ekipe, pa novi poslovi. Novac se donosi u vrećama, masa prljavog novca. Bukvalno je prljav i mastan. Sipa se na stolove, stavlja u kutije, beleži, gura. Boli nas glava. Neke se fabrike prodaju, čerupa se, donosi, dovozi, isplaćuje, ne dižemo glavu. Nema nas na pijaci, deo robe smo bacili, istrulelo. Zarađujemo, pakujemo, pretvaramo u dolare, kupujemo zlato, nakit, samo da nemamo tog papira. Neki njihov lik na novčanici, ma ne ume niko da mi objasni šta je toliko zadužio njihovu zemlju te je dobio najveću novčanicu. Nije glavni, njega prikazuju na TV-u svakodnevno. Pijemo, ludujemo, puni moći, oblačimo dobra odela, vozimo ubrzo i dobra kola, rastemo, jako. Svi se klanjaju, ulizuju, smeškaju, prilaze sitniji kriminalci, šalju piće, muzika se zbog nas menja ili pevačica dolazi. Nas dvojica, sa strane smo, misle da smo kao mađioničari, da je nova moć zbog nas, pogledaju nas i šapuću, ogovaraju, pričaju da gazda sve nas pita, da nas metak neće, da... gluposti. Penjemo se visoko, za gazdinim stolom smo. Naravno, nekoliko mesta pomeramo dole stalne, smeškaju se, ali osmeh od otrova. Vidim sve, memorišem. I Bronza pokazuje, što pogledom, što rečima. I on vidi da se krug naših neprijatelja širi. Znamo, mi smo stranci, pijačari, nismo mi za velike stvari. Ne vredi, gazda je rekao da se pored nas oseća sigurnim, da mu dajemo pametnije savete, upozoravamo. Pomerio bi on i onog ćutljivog, onog hladnog i odmerenog, ali mu ja pravim mesto, pored sebe. Nutkam ga pićem, ne pije mnogo, folira votkom punom vode, uhvatim pogledom, slaže ramenima. Ne govori mnogo taj Vanja, ali je zajeban lik. Znam da mi je zahvalan što sam ga zadržao za stolom, sa nama, jedanput kad sletiš teško se vraćaš. I znam da je sve ovo iluzija, kratki uzlet, trajanje do prve greške, slučajne, namerne. Sve znam i tražim način da pobegnem, ali se stvari samo komplikuju. Užasno komplikuju.

Pošto je ispalo da se razumemo u modu, devojka Olegova je tražila i dobila nas u pratnji da joj pomognemo oko izbora garderobe. Gazda je hteo da je vodi na more, na Krim, pa da izgleda zanosno. Sa onakvim modrim očima i telom kao nacrtanim, samo bi vreću od brašna mogla da navuče i bila bi mis sveta. Ali ne vredi. A gazdina žena je zlatom prenatrpana krava sa 135 kilograma mase i šest slojeva maske za lice. U nekim slučajevima u kafanu se vodi žena, a negde se vodi družbenica ili šta je već. E sad, ko je opasniji od ove dve ne znam, ali su svi savijali šije i smeškali se i jednoj i drugoj. Zakonita žena je imala male zlobne oči i bila sklona ispadima besa no, kako je Bronza ušao u igru i počeo da blebeće i mekeće, ispalo je da smo omiljeni gosti na večerama u gazdinoj kući i često smo se pretovarivali hranom koju je specijalno spremala za nas. A stvarno je kuvala fenomenalno. Ej, Bronza je prepisivao recepte! Oleg i ja smo se gledali i vrteli glavom. Olegu je davno dosadila i bio je zahvalan što neko ima toliko strpljenja da mu zabavlja ženu. A družbenica je tako znala da smrzne tim očima, kraljevsko držanje, oholost, distanciranost. Pratimo je po novootvorenim buticima, Bronza gunđa kad ona ne čuje. Visoko podignute glave, kao kraljica ulazi, svuda zapažena. Bira garderobu, uzima bez mnogo razmišljanja, tetoše je, oko nje se svi savijaju, mi joj nosimo kese, nosači. Oko neke haljine glupe sive boje se razmišlja, dvoumi, opipava materijal, ubeđuju je, i njenoj drugarici Tijani, nasmejanom milom stvorenju, se kao sviđa. U momentu kad sam napravio pokret i mimikom pokazao gađenje, pogledala me je oštrim pogledom. Kupljeno, mislim namerno.

Opet su nam se sreli pogledi u prodavnici cipela, Bronza je napolju užurbano vukao dim cigarete, kraljica je probala cipele, na trenutak je podigla svoju dugačku suknju i blesnuli su listovi, savršeni. Opčinjen, nisam pomerio pogled kad sam se susreo sa njenim očima. Nasmejala se slatko i nastavila probu drugog para. Umorni smo seli u lokal da popijemo kafu, sa njima za stol, spustili uz uzdah mnogobrojne kese, što je slatko nasmejalo kraljicu i njenu pratnju. Između mene i nje je ležala njena damska torba, u separeu. Čekali smo kafu a ona je tražila po torbi svoje cigarete, za trenutak se nagnula, nervozna što ne može da ih nađe, a košulja se otvorila ispred mene i pokazala zanosne gruci. Mala crvena bradavica i kupasti oblik dojke, oštre, staklo da seku. Auuu, jok, ne umem ja da kontrolišem oči, ode pogled. Zapazila je, blago pocrvenela kao devojčica, povukla košulju i nespretno zapalila tanku cigaru. Pred očima mi je igrao prizor, dok sam blažen kao mačka preo. Bronza me pogledom upitao: „šta to radiš", zabrinut. Vrti glavom. To se ne radi, pokazuje dole: „ostaćeš bez muda".

Znam to, opasno je, ali kad ovo čudo tako lepo miriše, mozak počinje da otkazuje. Jadan Oleg, sad mi je jasan. Ali ja sebi nisam jasan. Gubim kontrolu. Blesnu mi njene plavoljubičaste oči u mozgu i naprave pomračenje. Taj led... hm... neće to na dobro. Tuširam se dugo, hladnom vodom.

— Ako, ako, tako treba, ajd' sad drmni jednu rakiju i zaboravi.

— Šta da zaboravim? — pravim se naivan dok pijem kafu, a on mi toči konjak, tamnožut kao bakar.

— Ajde, ajde, pa nije čika Bronza od juče, nisam u gradinu pravlen, nemoj zajebavaš — zvizne u grlo konjak, pa me pogleda onako kao deda unuka. — Znaš li ti kad smo u Bučkovicu popravljali krov kod gazda Toša li beše... Jebem mu mater, e nema veze, ali jak gazda, veeeeelika kuća, obori, mašine, pa priključne mašine, pa tad prvi imao u selo muzilicu, ej to tad bilo čudo — širi ruke da dočara bogatstvo.

— I? — pitam, podbadam, da skrenem misli sa svoje omađijanosti.

— I ja mu se zagledam u ženu, ma neću, ali čim prođe pored mene ili kad postavlja da jedemo, mene oči kô magnet, fijjjuuu na nju, ne mog da odolim — vrti glavom. — I selence mu jebem, vidi ovaj naš predradnik, traser, gde sam zabrazdio, pa mi kaže, ej bre ne pipaj u voćke, a ona imala ovolke dinje, pa leto, pa kipu kroz košulju, jedre. Ne pipaj će najebeš, ovaj nije normalan. Jok, mene sunce udarilo, žila me napela, a sve mi se čini da i ona mene popogleduje, ali ne mogu da ocenim tačno, selence mu jebem. Spavamo, ceo dan secali, znaš kako je radi se jako, a mene san ne vata, sve mi se ona valja kroz ruke, maltene me sramota od ovi ostali, 'oću da izgorim, ma i sa vodu se umivam, 'ladnu su bunarsku imali, i šta već ne radim, jok. Jok, ne stava.

Gledam u njega, sav se uneo u priču.

— I bi li šta? — pitam znatiželjno.

Taman je uzeo vazduh da pusti rafal reči kad nam dođe pozivar i mi kao poslušne snaše krenusmo da izvršimo zadatak. Nije meni pravo, nije ni njemu, ćutimo još kad smo videli o čemu se radi, smrklo nam se.

— Dala baba dinar... — bio je njegov kratak komentar.

Posle toga smo promenili planove.

Bez mnogo dogovora i mnogo diskusije počeli smo da pretvaramo prljave novčanice u zlato i dolare. Brod nije tonuo, mi nismo pacovi, ali smo rešili da nestanemo.

U trenutku neke čudne pauze i smanjenja aktivnosti, bili smo pozvani kod novog prijatelja Bronze, na kraju grada. Mirna i visokim zidovima ograđena kućica, koja je sa nizom isto takvih pravila čvrstu celinu. Celo bratstvo na jednom mestu. Dvorište puno mirisnog cveća, plus niz kajsija, na kraju dvorišta usek i mali potok, hladi dodatno pod debelom senkom. Pravi mali raj. Domaćin, Zakarije, čvrstog lica, ali sa blagim osmehom i mirom u sebi. Pijemo u bašti njegov konjak, predivnog ukusa. Sav ponosan kad vidi kako neskriveno uživam u jakom ukusu, zatvorenih očiju. Pričamo mešavinom ruskog i gruzijskog, naučili smo nešto. Bronza je ekspert za jezike, meni slabije ide. Trudim se.

Iznenada nam pokaza da uđemo u kuću, jer mlađi član familije dotrča usplahiren i šapnu mu nešto u uvo. Bez mnogo pitanja ispoštujemo domaćina.

Iz sobe smo, sakriveni iza zavese pratili delegaciju koja je došla do trema kuće i razgovarala sa našim domaćinom i njegovim bratom, Tengizom, starijim strogim čovekom. Domaćin nam se brzo pridružio u sobi. Pogledali smo se zabrinuto i upitno kad smo prepoznali glavnog u delegaciji za pregovore. Vjekoslav li, ili Vjeroslav, u svetloplavom letnjem odelu sa belom košuljom, skrojeno po meri. Seda kosa ističe urođeni autoritet. Oči, stroge i plave, čak iako ne vide šta je iza prozora i iza zavesa, instinktivno pretražuju teren. Vrhunski profesionalac. Njegovi ljudi osmatraju okolinu, ne kriju automatsko oružje. Jedan, obučen kao predsednik opštine, sa nemarno vezanom kravatom na sivom konfekcijskom odelu, pokušava nekakav razgovor, ali brat našeg domaćina smireno vrti glavom i odbija, sav od kamena.

Naš domaćin, inače bivši niži oficir u sovjetskoj armiji, gleda Vjeroslava ledenom mržnjom. Izleće mu nešto kao siktanje zmije, neka njihova psovka, što zvuči između našeg: „majku ti jebem" i turske reči: „sikter", tako sočno rečeno, ali sa velikom mržnjom i prezirom.

Neuspešni pregovori, ali se, iz blizine posmatrano, nije videlo ništa na hladnom licu bišeg obaveštajca. Organizovano su napustili dvorište, zaštitivši svojim telima Vjeroslava. Za njima je kaskala, oblivena znojem, prilika u sivom odelu. Podsetio me na kučence, onako podgojen i okrugao.

Pijemo, gustiramo konjak, mezimo suvo meso i pijemo. Ćutimo, uglavnom ćutimo. Svi su u nekim svojim mislima. A Zakarije, kao da ponovo proživljava neke davne događaje. Gleda, ali je negde daleko, u nekim davno viđenim događajima. Brat njegov, Tengiz, opasnih očiju, nasmejanog lica, temeljan i čvrst, harizmatičan, pridružuje nam se. Čast je velika, znam što smo primljeni u kuću i ovako ugošćeni. Nad nama visi početak priče, kao brana pred pucanje. Nije da nešto krijemo gde smo i sa kim radimo, mali je svet, a mi upadamo u oči.

Ne počinjem prvi, odlučujem se za ćutanje. I prija mi, prija ovaj mir izdvojene kuće kao i smirenost ljudi oko mene. Čak i večno nervozan Bronza, i on se primirio, i sa trema gleda kokoške, kako nedaleko od nas, jakim nogama preturaju po zemlji i travi. Znam šta ga muči, kokoške ga podsećaju na kuću, garant sad misli na svoje selo.

Zakarije, odsutan, miluje crno kuče koje mu uporno gura njušku u krilo dok ga, sa velikim obožavanjem, gleda krupnim očima. Trese se od sreće.

— Bog je čoveku dao psa, da posle žene i prijatelja bar u nekog ima poverenja.

Smejemo se, ali gorko. Svi vrtimo glavom. Riba ide gde je dublje, žena ide gde misli da je bolje. Amin.

Konjak ili lep miran dan, osećaj zajedništva sa ljudima sa kojim može da se ćuti, šta god, ali ubrzo se javlja potreba Zakariju da objasni i izbaci reči koje nas brinu.

— Videli ste ovog vašeg — pokazuje glavom ka kapiji. — Bio gospodar života i smrti u zatvoru u Avganistanu, kad je Sovjetski Savez krenuo u pomoć narodu Avganistana — smeje se, zna i sam koliko ovo objašnjenje cinično zvuči. — Silan i mlad, čin jak, obaveštajac, sin bivšeg diplomate, veze u Kremlju, znao je jezike: paštu, urdu, nuristinski. Bio po zadatku u Viziristanu, sa Specnacom, hrabar, opak, brz. Umeo je da izvuče iz svakog sve, znao je mentalitet naroda. Ali, kasnije je postao previše surov. U podrumu zatvora bi poređao oko sebe deset do dvanaest zatvorenika. Bilo je tu svakakvih, sa terena dovučenih. I krivih i nedužnih. Poređao bi ih u krug, vezane na stolicama i tražio odgovore na svoja pitanja. Zna se šta obaveštajca može da interesuje. Neko je možda imao šta da kaže, neko nije znao ili hteo. Ćutanje se kažnjavalo isto kao i neznanje. Otpisani ljudi, nikom potrebni. Ko je uporno ćutao na postavljana pitanja ubijan je jednim hicem, direktno u glavu. Neko bi se samo prevrnuo zajedno sa stolicom, takve smo ih nalazili, nekom bi glava samo klonula, brzo bi ostalo nekoliko koji su nešto znali, smrt iz te blizine, neumitna, prska krv i mozak po tebi dok te sive oči već gledaju kao sledećeg. Mnogi su poludeli već posle treće smrti, krv miriše teško, ropac se u podrumu zatvora odbija od zidova, mokraća umirućih, smrad tela što se čisti dok umire. Mnogi bi se histerično smejali, pukli, takvim smeh dugo nije trajao. Seče se odmah, nekontrolisane kontrolisani nije podnosio. Ostali, tvrdokorni da se drže i uvereni u pobedu svoje ideje. Oni su mu bili izazov, njih da slomi, jer znaju nešto, znaju dosta. Njih kao izazov da otvori i pobedi. Te je za kraj ostavljao, koji su polako pričali svoje molitve preklinjući dan kad su se predali ili kad su uhvaćeni. Ili su se stegli da bar u smrti budu jaki. Ljudi koji znaju da prepoznaju harizmu drugih ljudi, vide je odmah. To se nosi sa sobom. Vide ko je jak, ko može smrti da gleda u oči i da joj se smeje u lice. Nema mnogo takvih ljudi, malo, jako malo. Najteži je onaj protivnik koji želi da umre, smrti se ne boji. Moraš takvog poštovati.

Ja slušao, Bronza tiho prevodio. Reč po reč, pažljivo kazivano. Ređano kao mozaik.

Zapalismo od mojih cigareta i po kafu poslaše.

— Mnogo krvi na rukama ima, njemu nije ništa da ubije — šalje dim. Odmahuje rukom. — Našeg, iz kuće one tamo — pokazuje glavom ka susednim kućama. — Mlad, buntovan, napunili mu glavu, promenio veru, odrekao se oca i otac njega, u rat krenuo za svetu stvar, pa ostavljen, od eksplozije paralisan ili od otrova što parališu udove, ne znamo. U podrum došao, ćutao kol'ko je mogao, ali pošto o skladištima eksploziva i mestu gde je oružje, ništa nije znao nit o rutama gde heroin se magazama nosi ili sprema, dao je ono što je imao — prelazi rukom kroz kosu. — Kad je jednom izdao...

Ćutimo napeti. Kad je glava u pitanju, mnogi bi se usrali i majku izdali.

Predugo ćutanje traje. Tengiz se duboko zamislio. Braća izmenaše poglede. Znam taj pogled, sa bratom sam se tako sporazumevao i dogovarao. Brat moj, šta li radi, gde je? Seta me pohodi, dan smiren, sunce zalazi lagano, ovde na kraju grada, na kraju sveta. Konjak, danas je dan za konjak. Klizi još jedna čaša, otvara se još jedna boca.

***

Rano je jutro, još me delovi sna muče, sklapam ih kao slagalicu, delovi fale, nešto se ne uklapa. I neki osećaj, teskoban, nedefinisan.

Vode nas u sobu na kraju kuće, vazduh ustajao, debeli tepisi, noge upadaju. Zamračena, na kraju sobe veliki krevet sa masivnim drvenim naslonom. Raskošna rezbarija, koliko mogu da vidim kroz mrak sobe. Krevet pokriven crveno-plavim pokrivačem, na zidu slike i crno-bele fotografije predaka. Na ormanu poređane dunje i tegle, džem verovatno. Podseti me na dedinu kuću. Bronza čudno tih, od jutros kidiše na vodu, pije kao smuk.

Tengiz se ubrzo vrati, napustio nas nakratko. Lice mu deluje nekako svečano. Donesoše dve stolice, postavljaju nas na sredinu sobe. Onda blizu nas postavljaju nešto kao sto sa stubom na sredini. Drvo je lakirano, skupoceno. Tengiz dodatno zamračuje sobu, povlači teške zavese, sunce je oštro, jutarnje. Zakarija pažljivo, iz crvenim plišom prekrivene kutije, iznosi veliki dragi kamen, kao golubije jaje. Čak je i zelenkaste boje. Pažljivo posmatra strane dragulja prinevši oku i precizno postavlja na drveni stub stola, na koji je prethodno udenuo štapić sa tri savitljiva drvena prsta. Polako se obaviju oko kamena. Dodatno ga sitnim pokretima prstiju postavlja, na njemu poznatu poziciju. Zakarija se sklanja iza nas. Tengiz ostavlja samo jedan otvor, zrak sunca koji prodire u sobu pokazuje one sitne čestice prašine koje svakodnevno lete oko nas, raznih oblika i veličina. Ceo mikrosvet. Tanka linija svetlosti prolazi kroz sobu. Još je rano, nije sunce odskočilo na nebu. Tengiz, sav u laganom grču pažljivo prati trag svetlosti. Zakarija namešta lagano celu skalameriju, po mekom tepihu skoro bez šuma. Ka tragu svetlosti je pomera, usredsređen. Opet se sklanja iza nas. Tengiz zatvara crnom drvenom lopatom preostali otvor na teškim zavesama. Otvor je možda pola centimetra sa pola, pretpostavljam. Mrak je potpuni, braća se potpuno umiriše. Ipak osećam napetost kod Tengiza, oštra mi čula, kao da mrmlja ili broji u sebi. Ili je molitva? Čekamo, napetost prelazi na nas, pogleda uprtog u mesto gde se nalazi zelenkasti dragulj. U jednom brzom momentu, odlučno Tengiz pomera lopatu i zrak sunca prodire, a on neverovatno vešto i brzo zatvara rupu. Kao laserom precizno odsečena, svetlost pogađa dragulj i onda se dešava čudo. Čudo pred našim očima. Svetlost, trag ulazi u dragulj, odbija se od zida unutar dragulja, brzo spušta dole na dno kamena i onda izbija na vrh, na samo teme gde se rasprsne u hiljadu delića i kao zlatni prah rasprsne u mraku sobe, lagano se ugasivši. Kao žar kad se udari u ognjište. Otvaramo oči, čudu prisustvujemo. Jasno je, malo je ljudi ovo videlo. Tengiz, svestan naše fascinacije, brzo ponavlja čaroliju još jednom. Zrak sunca, odsečena svetlost, udara kroz dragulj, odbija se tragom dole, vraća svetlosna staza gore i kao svetlosna kiša rasipa oko dragulja, tragom nestaje. Soba se za tren pretvara u nebo za vatromet. Kakva čarolija.

Nemam reči.

— Alele — zapanjeno Bronza progovara. Tražimo potvrdu jedan drugom u očima. Video si isto što i ja?

Zakarija odnosi dragulj iz sobe, a Tengiz nas vodi iz sobe na trem gde nas čeka kafa i konjak. Vodu, vodu željno pijemo. Mozak vraća eksploziju sitne svetlosti, delić uhvaćenog sunca. Podeljenog na milion sitnih komadića.

— Ovo hoće Vjeroslav. Zna da ga naša familija čuva vekovima.

— Kako se zove dragulj? — pitam. Očekujem nešto kao „Budino oko”, „Suze Kavkaza” ili na primer „Boginja Ararata”. Neko dramatično ime. Ja bih mu dao ime Svetlohvatač, ali mi mnogo nekako hrvatski zvuči. Ne, ne, njihovo bi bilo Zrakoupijač.

Vrti glavom.

— I to je tajna. Videli ste nešto što je veoma retko. I malo oka je videlo isto.

— A dobro, što baš mi? Mislim, hvala na poverenju. Čast nam je, ali zašto baš mi?

Sleže ramenima, pokazuje pokretom glave ka Zakariju koji ide ka nama.

— Brat zna.

Neki vetropir taj Tengiz, na tren me podseti na mog brata. Nasmejem se na to poređenje, srećom se, videvši osmeh, nije uvredio.

Da, Vjeroslav je od njihovog iz familije saznao tajnu. A tako nešto verovatno ne postoji na svetu. Kakav je veliki majstor mogao da prepozna unutrašnjost kamena i da izbrusi spoljašnost na takav način. Kakav je to genije koji je sanjao o tako nečemu? I koliko kamenja je moralo da prođe kroz ruke i da bude pogledano dok nije nađen onaj pravi? Onaj koji odgovara.

Ne pitam više o kamenu, konjak radi svoje, rano je. Kao da svetlost pada, zlatna na mene, rasuta i čujem neke zvuke, kao zvončiće za Novu godinu, kao... čin-čin-čin... ali još mekše. Jebote i konjak.

Nekako čudno, prosto mi silom nastupi sećanje, podignuto nečim, na dan kad sam nju upoznao, kao da je isto takva svetlost izlazila iz njenih očiju i oko mene padala lagano kao zlatna kiša.

Proklet je onaj koji je voleo. Gde god da krene, šta god od čuda da vidi, ništa nije merljivo sa čudom prvog saznanja o ljubavi. No, to je lepo, to maštanje i sećanje o prošlom životu. Nego, šta dalje, kako iz ovoga? Lakši deo je postaviti pitanje, doneti odluku je već proces.

Ne mučim mozak, već sam načet. Misliću o tome sutra, beše neka glumica izjavila? Smekšao sam, čim su mi glumice uzori.

***

Sivo jutro. Ne mogu da spavam. Pritisak je veliki, strašan. Odustajem od pokušaja, od mučenja da zaspim. Počela je jesen, hladno je. Pored mora je uvek vlažno. Oblačim jaknu, u velike džepove stavljam rezervne okvire municije, plus par kutija. Makarov, pištolj, pažljivo nameštam za pojas. Revolver je isto sa mnom, ali je on poslednje sredstvo. Jakna oteža, ali bolji je osećaj kad imam mnogo municije sa sobom. Vreme je rata za prevlast, treba biti oprezan. No, uvek sam voleo da nosim mnogo metaka, neka, ne traže 'leba i vode. A tražio sam i bombe da mi nađu, volim par da imam, imaju gadan efekat. Gledaju me kao ludog, ali su mi neki od njih obećali da će doneti. Imaju veze po vojnim magacinima, par kutija levo-desno. Ako svi što su obećali ispune obećanje ima da budem kao tenk. Rano je, pusta je pijaca. Iz kućice je vidim, blizu smo, iako smo napustili podrum. Čudan žal za tim vremenima. Tamno, toplo, vlažno, podseća na sigurnost posteljice. Oprezno proveravam parkirane automobile. Osluškujem, grad je uspavan. Klasika, mačke preturaju po kontejnerima, a pored bandere spava mirnim snom ružni žuto-crni pas. Nema nikog. Palim cigaretu i krećem sredinom ulice ka tvrđavi. Došlo mi da je najzad posetim. Posle više pokušaja, odustao sam. Mali Đavo, prljavi vođa bande prosjaka je činio sve da mi oteža da uđem u stari grad i tvrđavu oko njega. I uspevao je, nisam bio dovoljno lud da ga smrskam ili upucam. Da, shodno svojoj novoj reputaciji. Na kraju sam odustao od pokušaja da odem do brda i odbio par dobronamernih predloga za rešavanje problema koji su minimalno uključivali lomljenje noge, a bilo je i opasnijih predloga. Prihvatim li, znao sam, nema povratka. Nisam prihvatio, ali me dugo mučilo saznanje da ne mogu da imam nešto što je svima rutinski. Jutro, rano je, grad utišan, valjda i Đavo nekad spava? Krećem se brzo, hvatam svoj ritam. Napetost popušta. Imaću dovoljno vremena da se upoznam sa tvrđavom. I oprostim dostojno. Stvari su za kratko vreme izmakle kontroli posle letovanja na Krimu. Garancije su za nas nikakve, neprijatelji su krenuli sa spletkama, intrigama. Ljudi beže od nas, hladni su i rezervisani, menjaju strane, osećaju hladan talas. Prestrojavaju se. Ne, ne krivim ih. Strelovit uspon pijačara je zaustavljen, a pad kreće i ubrzava se. Bronzi nije pravo, navikao se na dobar život, no izbegava priču na tu temu. I brzo, nakon početnih saznanja realno razmatramo novu situaciju i na sto stavljamo sve mogućnosti. Ali sve se svodi na jedno: begaj gde te noge nose. Niko nas ni za šta nije optužio niti pitao, ali sama mogućnost da smo, da sam uradio to i to, dovoljna je za opasnu kaznu. Kao dodatni problem, saznajemo da je Vjeroslav ljut što ne može da kupi Svetlohvatač kamen. Nenavikao na neuspehe, izgleda da je nas okrivio za to. Saznao je, nismo se mnogo ni krili, da smo česti gosti kod Tengiza i Zakarija. Pa i od njega vreba opasnost, kažem, stranci smo, nikom bitni. No, gazda Oleg, njemu pune glavu, njemu je čast, navodno uprljana. Odbija da nas primi, navodno nema vremena. Shvatamo i osećamo zlurade osmehe. Mirno napuštamo zgradu, iz hola nas usmeravaju na sporedan izlaz. Zgrada nova, ali sporedan izlaz je na prljavu ulicu, među ostatke iz obližnje kuhinje. Jasno nam je sve, nema zavaravanja. Preduzimamo brze mere, bez mnogo priče. Dva do tri dana, mislim. Bronza se slaže, mada ako smo omanuli u proceni, spakovaće nas brzo i politi betonom.

Ne razmišljam o tome, cele noći sam bio napet. Brzim hodom smanjujem pritisak, rasterećujem se. Vetar donosi miris mora, osvežava me. Približavam se kapiji, oprezno gledam ka svodu i gredama, ka rupi gde je mali Đavo redovno visio kao majmun. Poučen lošim iskustvom, oprezan sam i napet, ali najzad bez problema prolazim kroz otvorena ogromna vrata od teških borovih dasaka. Čim se popločanom ulicom spustim, ukazuje se divan prizor, deo grada sa lukom, brodovi, tornjevi, tvrđave. Penjem se stepenicama na tvrđavu, željan još boljeg pogleda. Počinje sitna kiša, ne obazirem se, ali je klizavo na stepenicama, nemaju ogradu, a zidovi su visoki, moćni. Nije se žalilo na kamenu. Nema nikog — suviše je rano za šetače ili zaljubljene parove. Kafić ili restoran, čije sklopljene belo-zelene suncobrane vidim, još ne radi. O, kako se radujem svojoj prvoj kafi na ovom mestu. Ponovo ću razmotriti situaciju, ali na miru. Nemam mnogo vremena, odluku već danas moram doneti. Možda se i razdvojimo sa Bronzom, bezbednije je tako. I to je opcija. I za dva dana krenuti u nekom pravcu. Kuda, još ne znam. Ali bilo gde. Obilazim tvrđavu, ulazim u kućicu za stražare. Vetar duva, pojačava, stavljam kapu. Naslonjen na zid pažljivo posmatram manevar broda na izlazu iz luke. Smejem se, pamtim udar struje prilikom pokretanja motora. I ja sam bio mornar. Mali od palube i čistačica, ali ipak mornar. Ma živ sam, smeh me pokreće i raspoloženje mi se popravlja. Gasim opušak o zid, teatralno mahnem brodu koji odlazi i nastavljam svoju potragu za mestom odakle ću pogledom obuhvatiti ceo grad. Restoran neće otvoriti bar još sat vremena, ako ga i tad otvore. Uživam u pomisli kako topla kafa zagreva, pa još i jak doručak. Osetim glad. Pred svim iskušenjima i dilemama, sa mnogo potrošenih cigareta, nisam bio gladan. Hladan, svež vazduh. Stomak bolno očekuje. Penjem se na zid tvrđave, sâm sam na ogromnom prostoru. Rizikujem da se okliznem na mokrom kamenu, kišica i dalje uredno pada. Sitna, ali prodire. Krećem ka zavučenom delu. Jedan deo je prilično uredan, održavan, ali u drugom delu je prosto džungla. Nastavljam svoj hod po zidu, ništa opasno, ali ne gledam u ponor. Prolazim, saginjem se zbog granja drveća koje nadmašuje zidine, ulazim u lijanama obrasli deo, buseni po zidu, biljka slična maslačku. Stižem skoro do kraja, dole su stene, par fabrika, ništa atraktivno, zgrade prljavomrke boje, izlomljena stakla, tornjevi išarani rđom, splet cevi raznih veličina, crni dim i bela para izlaze iz nekog kotla. Kranovi u jadnom stanju, bez kabine. Na kraju gde se zid završava kulom, neko sedi, neko plače? Približavam se, zaintrigiran. Da, plače. Osoba iznenada ustaje i trapavo se okreće, zbunjena. Čupava prljava kosa. Oooo, izleće mi, ma ko je više iznenađen? Mali Đavo lično! Moj mučitelj meditira i malo poplakuje, a? Iskrivljen, njegova desna noga mu je znatno kraća. Nesiguran, jer iznad njega je zid kule, a oko njega je ponor, dole su stene. No, zlo izbija brzo, iako je još začuđen, grubo briše suze prljavom rukom i poseže za zidom iza sebe, u pokušaju da izvuče kamen ili odvoji neko parče zida.

— Ma zar i TI majke ti ga... — pizdim i izvlačim kolt. Ovo stvorenje je spremno da ni iz čega napravi oružje. I napravi zlo. Možda me zubima i crnim noktima kolje. Strah me tih kandži, priznajem. Ne umire mi se od trovanja krvi. Spreman sam, ozbiljno, da ga na pokušaj, prvim metkom skinem sa tvrđave. Vidi ili oseća. Zbog ovog kopileta ja celo leto ne mogu na terasu tvrđave? Izbliza ga gledam, dok mu oči, uhvaćen u zamku, ludački pretražuju šanse za beg. Opasan je, nije upao u paniku. U dronjcima, prljav, patike probijene, nekad bile plave boje, palac mu viri. Odeća skoro bez boje.

— E pa, sad je došao trenutak. Hoće li se Đavo pokajati?

Držim ga na nišanu, ali ne znam šta sledeće da uradim. Počinje da se smeje, ali zlobno. Uspravlja telo, ali glavu drži nisko, kao pas. Pričinjava li se to meni ili mu oči zlobno sijaju žutim sjajem. Prebacujem revolver iz desne u levu ruku i počinjem da se krstim.

— Sačuvaj Bože — kažem. — Ovo nije sa ovog sveta.

Da ga ubijem? Ništa mi nije uradio, nešto mnogo zlo. Ubiti đavola u ljudskom obliku, ide li kazna za to? Krši li se Božija zapovest: „ne ubij"? Odjednom mi naviru reči i pitanja, što je davno Filozof, student filozofije u Beogradu postavljao sebi i nama, jedne ratne godine, međ stalaktitima i stalagmitima Hercegovine. Da, posle je

Filozof postao pop. Filozofija mu nije dala dovoljno odgovora. E, sad sve to što je njega mučilo, a on nas gušio pričom bez kraja, sad to izlazi i vrzma mi se po glavi. Jedno je pričati o ubistvu, drugo je biti spreman na to. Možeš ili ne možeš, ali posle toga isti nisi.

Najzad prestaje da se ceri, tužan mu je pogled. Ne veruj Đavolu ni kad se smeje, napisao bih grafit. Ali ovo nevoljeno dete i ne ume drugačije da se ponaša. Zlo rađa zlo.

Meni je drago što sam ga iznenadio na njegovom terenu i zatekao u trenutku slabosti, kako plače. Ali mi to pokazuje da možda ima spasa za njega. Jedino mi nije jasno ko bi ga spasio. Koje čudo? Čim plače u samoći, muke su mu velike.

Povlačim se polako, ne spuštajući kolt, kače me grane po jakni, ali se uporno povlačim, pazeći i na njega. Lagano ga ostavljam iza sebe. Čim je video prostor za beg, brzo i vešto skače sa zida na drvo, pa se sa grane na granu spušta i silazi na zemlju. Onako, odšepa kroz visoku travu. Očekujem pretnju, da se okrene i huli, kroz grane ga pratim, ali nestaje. Ostaje smrad neopranog tela, znoja, zadah dugo nošene odeće. Smrdi, tek sad osećam kiseo smrad. Napuštam zidine, oprezan, jer možda se vrati sa bandom, a takvi koji nemaju šta da izgube, takvi su najopasniji. Mogu da me izdaleka gađaju kamenjem. Šta mi preostaje?

Da, očekujem zlo. Od krivonogog Đavola se drugom i ne nadam. Sakrivam kolt, palim cigaretu, obuhvatam pogledom ceo prostor i dišem čist vazduh, opijen mirisom mora. Primećujem pokret i kretanje u restoranu. Počinju da rade, otvorili. Našao sam stolicu koja nije mokra, na platou se nameštam i gledam, uživam u pogledu na grad i luku. Brzo se pojavljuje starija žena koja pažljivo briše sto i donosi kafu i konjak. Naručujem i ručak. Objašnjava da kuvar dolazi kasnije, ali ona će mi spremiti nešto. Zahvaljujem se srdačno. Sa uživanjem ispijam kafu pa onda puštam ča mi ukus konjaka razlije blagu toplotu. Opraštam se od grada.

Ukusno spremljeno jelo još me više oraspoloži. Druga konobarica, mlada i vitka donosi mi drugu kafu. Prelepo smireno lice, gracioznost. Pratim je kako korača, crna suknja, noge savršene. Plava kosa, vezana u konjski rep, odskače u ritmu koraka.

Počinjem spontano da pevušim: *Kad hodaš ne zastajkuješ... Uzimaš cipele za hodanje kroz snove...*

Mitsko biće, čarobna žena iz te pesme stvarno postoji! Evo, sad mi je donela kafu i osmehom i postojanjem pretvorila ovaj dan u bajku.

Znam kad sam ustao i platio račun, ostavio bogatu napojnicu. Znam da sam doneo odluku šta i kako dalje. Znam da me gracioznost nepoznate na tren podsetila na Olegovu kraljicu. Znam da sam se zbog toga štrecnuo, opečen koktelom stida i ponosa. Svašta ja znam. Ništa ja ne znam. Duga priča.

Dok sam, na izlazu iz restorana palio cigaretu pred odlazak sa tvrđave, zaustavile su me žena iz restorana i mlada konobarica i pokazale novac, uz objašnjenje da je to mnogo para. Vide da sam stranac i da sam pogrešio. Pokušavaju da mi vrate, pogrešio sam sigurno. O ne, smejem se, kazujem na dobrom gruzijskom, ulepšale su mi jutro njih dve i želim da sebi kupe cveće, jer su predivne. Crvene i smeju se, zahvaljuju se.

Kako malo treba da nekom ulepšaš dan. Ponekad je dobra volja dovoljna.

Izlazim sav čio, rasterećen kao čovek koji je odlučio, zbog pogleda koji mi je toliko bio potreban. Drugačije se stvari vide sa orlovske visine nego sa pozicije žabe. Utkao sam u dušu deo luke i grada. Uvek sam voleo more i...

Tad me u glavu udari nešto, u potiljak. Oštro je zabolelo, pred očima mi sinulo. Besan sam.

Ogorčen i razočaran, kad bih imao vremena da se analiziram, pipam glavu dok mi šaka oseća toplu traku krvi. Pogledam i vidim prljavo stvorenje kako se ceri od zadovoljstva, smeje se iz otvora kule.

Prvo pravilo: „ne okreći Đavolu leđa". Davno mi je baba govorila tako nešto.

Besnim dok izvlačim makarova iz jakne.

Drugo pravilo: „ubij Đavola kad možeš". Ne znam čije je to, ali ubacujem metak u cev i pobesneo pucam u pravcu rupe dok majmun nestaje unutra.

— Jebem ti mater — vičem ka rupi. Ispalio sam sve metke. Ja tebe hlebom, ti mene kamenom, pa ja tebe metkom.

Psi besno laju, dan je odmakao, a da je noć verovatno bi počela svetla da se pale po kućama. Sklanjam se sporednim ulicama, ali mi nije ni bitno. Sve ovo me nekako podseća na seriju *Salaš u malom ritu* kad mali Štimac šmajserom cepa tablu i psuje Jakobsfeld.

Ljut sam na sebe. Dopustio sam sebi da se opustim, ponela me romantika. Zabrinuto me Bronza posmatra dok polivam ranu konjakom. Peče, pa psujem. Zaustavlja se plava lada ispred naše kućice. Oprezni smo, pa sve primećujemo. Stariji čovek nam prenosi molbu Zakarija da što pre odemo do njih. Važno je.

Menjam odeću. Malo krvi je uprljalo kragnu, smrdim na konjak.

Tengiz i Zakarije nas dočekuju jako zabrinuti. Trag teške noći im se ocrtava na licu. Brzo objašnjavaju dok pijemo crni čaj. Dovedeni su u opasnu situaciju i moraju da predaju Vjeroslavu dragi kamen. Opak je. Sinoć im je oteo svu nejač iz kuća, ušao sa malom vojskom. Ne odustaje, gad. Treba im malo vremena da okupe celo Bratstvo, ali nas mole da se deci, ženama i devojkama ništa ne desi. Da pokušamo da utičemo, znaju da imamo uticaj.

Ne kazujemo da od našeg uticaja nije ostalo ništa, obećavamo da ćemo učiniti po njihovoj molbi. Dugujemo tim dobrim ljudima. Večeras ili sutra će morati da predaju dragi kamen. Šire ruke, tako mora, sudbina. Pomireni ili uspevaju da tako izgleda. Kroz dvorište lagano dolazi, pomažući se štapom, veoma star čovek, obučen u crnu mantiju opšivenu srebrnim koncem. Ukazuju mu veliko poštovanje, skaču odmah. I mi ustajemo. Gleda svojim mekim očima u nas, naslonjen na štap.

Tengiz i Zakarije stoje pored njega.

Njegov pogled prodire, dugo nas posmatra. I mi njega gledamo, u tišini. Koža lica mu nije mnogo izborana, brada i kosa sede, na glavi tradicionalna kapa. Pogled mu je smiren, unosi i među nas laganu smirenost. Zakarije objašnjava da je to najstariji član njihovog bratstva i da je neka vrsta šamana, da leči ljude i stoku, i priča sa mrtvima.

U nekoj drugačijoj prilici znam da bi Bronzi svašta izletelo, ali se sad uzdržava.

Njegova je reč bila da nam predaju dragulj da ga prebacimo u Jermensku crkvu u Parizu.

— Mi? — čudimo se. — Nama? — pokazujemo rukom ka sebi. Da, možda ne razume jezik, ali shvata pitanje.

Lagano klima glavom. Čudimo se.

— On nikad ne greši — Zakarije sa dubokim uverenjem pokazuje poštovanje.

Sležemo ramenima. Ma greši, gde nama da poveriš tako nešto. Ovih dana će dragulj biti u rukama Vjeroslava.

Umesto odgovora, kažu mi da svaki čovek plati za svoje grehe, odmah ili posle. Ali neko uvek plati. A da po legendi, kamen je dobar u rukama dobrog, a zao prema zlim. Opet sležemo ramenima. Može da bude. Pomogli bi kad bi mogli — šanse su nikakve, ali smo rešeni da pokušamo. Nadamo se u neko čudo.

Donosimo odluku, razdvajamo se. Pakujemo lagano, promišleno. Malo stvari, osnovno i potrebno. Većinu gruzijskih novčanica smo uporno prebacili u dolare i zlato, zlatni lanac je oko moga vrata, narukvica plus nekoliko zlatnika i par safira sakriveni u šavu kožne torbe.

Ja ću vozom, Bronza se dvoumi između trajekta i busa. Odlazimo bez pozdrava i krišom, nema drugog načina. Vanja, ćutljivi zajebani lik, došao je autom po mene, da vrati dug, da kaže da je vreme da se gubimo iz Gruzije i da zna što uporno kupujemo zlato, na ulici se sve brzo sazna. Iznenađen sam, nisam očekivao nikakvu pomoć. Čeka me u autu, dok se opraštam sa Bronzom. Nosim malu crnu kožnu torbu, kao da sam krenuo tu do kafane. Sa Bronzom dogovaramo mesto sastanka i način kontakta, on će predveče da napusti kuću. Obukao sam najbolju jaknu.

— Daće Bog da se vidimo.

— Čuvaj si dupe i ne sedaj na 'ladan beton.

Vanja me vozi do stanice. Rizikovao sam i prihvatio prevoz, a i to što sam mu poverovao. Ne otkrivam ipak gde idem, mada i ne pita.

Više on priča, zahvalan je što smo ga zadržali dok smo imali kakav uticaj. Sad je lakše, on je predstavnik novog talasa, prerasli su Olega i njegovo lokalno poimanje biznisa, njegovo vođenje grupe je sve više haotično i sporo. Promene su nezaustavljive, mladi lavovi traže bolji komad mesa. Obrazovani, hladni i pragmatični. To što su tako lako skliznuli sa pozicije zbog hira jednog matorog starca ih je ubedilo da se udruže, podele zaduženja i povlastice i unutar grupe polako zauzmu i postave svoje ljude. Ima poverenje u mene, a i vidi da odlazim, te se otvara. Sluti da su Olegovi dani odbrojani, napetost unutar grupe je velika. Te će se Oleg pomeriti ili će ga ukloniti, vrti glavom, nema nazad. Držaće moj odlazak dva-tri dana kao tajnu, da mi da vremena da se utopim. A posle već nikom neće biti bitno za prodavca tikvica. Smejemo se. Prodavali smo i lubenice i paradajz, nemoj tako.

Da ne brinem, čim Vjeroslav dobije kamen puštaju se taoci, biće u redu. Zna o čemu se radi.

Pozdravljamo se s poštovanjem.

U vozu imam dovoljno vremena i novca, brzo dogovaram i rezervišem tri kupea spavaćih kola, zaključavam i neopaženo se premeštam u putnički deo i tamo provodim ostatak dugog puta, oprezan. Možda preterujem? Verovatno, no bolje se osećam. Da, ni Vanji ne želim da verujem. Nikom. Napuštam Gruziju bez ikakvih problema. Osećam i olakšanje, osećam i bol. Zavoleo sam ovu zemlju i ove ljude. Većinu nikad više neću videti i samo će lažljivo sećanje da me ubeđuje da postoje. Dok voz uporno guta daljinu, dobro je. Sledeći potez samo slutim. Voz koristim i zbog lakšeg prenosa kolta i makarova, uz malo kanapa i lepljive trake. Ne odvaja mi se od gvožđa.

Uzimam hotel posle kratkog lutanja, stara gradnja, iz parka direktan ulaz. Ništa skupo. Soba na park gleda, tragovi nekadašnjeg sjaja, mermer u kupatilu, slavine kitnjaste, visoka tavanica, parket kao za balske dvorane, mala terasa sa pogledom na drvorede kao stvorena za pušenje cigarete i puštanje misli daleko, senke prethodnih gostiju.

Dva dana ne izlazim iz sobe, spavam, ležim i kroz prozor gledam u lišće stabla koje ulazi delom nad terasu i u retke ptice koje se na tren pojave. Obično gavran stane na ivicu terase i dugo me posmatra. Ptica ima pogled starog mudraca. Onda gledam u zelenilo, ćutim i bolujem od nepoznate bolesti, koja mi je dušu uhvatila. Sneg me izvlači iz ponora u kome sam bio. Ustao, ali i dalje usporen. Pokušavao sam da pijem votku. Ono malo gruzijskog konjaka popio sam još u vozu, čim me uhvati loša slutnja, ja gutljaj. Pijem votku, ali ne vredi. Votka drugačije stanje ostavlja, vrelo, gori, tera na akciju, lumpovanje, bes. Konjak spušta lagano, pa gospodski podigne, hvata pod svoje, zamagljuje vid lažno, kao obećanje žene.

Iz hotelske sobe, gledam iz mraka, upaljena svetla grada, sve dok me umor ne savlada pa se obučen, uvučem pod težak jorgan. Čekam da mi dođe energija, a onda onako lagano odšetam do železničke stanice i buljim u red vožnje. Vratim se, pa u malom hotelskom restoranu, uz jaku kafu, gledam u kartu Evrope. Dugo gledam kroz prozor, ušao u ćutanje. Noć pre polaska kao da čujem Bronzu i njegovo buncanje i psujem ga kroz san pa se jako iznenadim, kad ujutro utvrdim da nisam u podrumu pijace. Nastavim san, pa u snu donosim cveće umesto buketa novčanica, a stidim se i u snu se stidim. Ujutro pokušavam da treniram, ali malodušnost je omekšala i mišiće. Odustajem, bezvoljnost me pokriva. Ipak, lagano raste snaga i vraća sećanje na dve stvari koje su me prelomile.

Kad su počeli da tope zlato u improvizovanoj topionici u male poluge od 100 i 200 grama. Da, i momenat kad su mene i Bronzu poslali da budemo dadilje Olegovoj ćerki i Olegovoj ljubavnici. Naime, Olegu je stigao poziv za važan sastanak dan pre polaska na more i morao je da odustane od letovanja sa Prekrasnom. A to je izazvalo strašan bes Prekrasne. Pa je odlučio da ona ipak ide na more, ali sa njegovom ćerkom, studentom hemije. A zbog lakše kontrole i zaštite mi smo bili uključeni u paket kao šoferi, nosači na plaži i sa plaže i obezbeđenje. Susret ćerke, vezane za majku lancem i katancem, i Prekrasne je bio danima predmet šaputanja i ogovaranja. Garant je Olegu od stresa bila znojava ćelava glava. No, ko god je očekivao skandal potcenio je pamet nove kraljice. Prekrasna je širokim osmehom i šarmom ljubazno dočekala Olegovu ćerku, štreberku, i vrlo brzo su njih dve počele da čavrljaju o modi, cipelama i ko će ga znati o čemu. Studentkinja je bila u braon dugačkoj suknji i poludžemperu sa ravnim cipelama. Duga kovrdžava kosa sa šiškama i naočarima od crne debele plastike. Kod nas su takve naočare zvali „socijalne". Ma, tipičan naučnik koji osim knjige i laboratorije ništa drugo ne zna. Malo iznenađena dobrim prijemom od ozloglašene očeve družbenice, neverovatno brzo je prihvatila par saveta da bi dopustila, ponesena dobrim rezultatom, potpunu transformaciju svog izgleda. Posle šišanja i sređivanja frizure kod preporučenog ženskog frizera i potpunog tretmana, a onda drastična promena garderobe i promena rama naočara, zablistala je lepa devojka. Naknadnim doradama, skraćivanje suknje, šminka i visoke štikle, zbunjena i stidljiva devojka je zablistala. Kao rasna ždrebica. Stidljivost i neiskvarenost je samo doprinosila ukupnoj transformaciji. Onda je primetila da je muškarci gledaju i pored Prekrasne. Naravno, svi su u gradu znali čija je Prekrasna, ali niko nije ni slutio kakvu ćerku ima Oleg. Tako je vešta Prekrasna betonirala svoje pozicije u porodici, jer se devojka nije odvajala od nje. Oleg je primetio da je ćerka jedinica pala pod uticaj Prekrasne, ali je imao većih briga od te činjenice. Stvari su se u temeljno postavljenoj organizaciji ubrzavale i Oleg je sve više kaskao za događajima i prenosio ovlašćenja i poslove na druge ljude. Time je gubio realnu moć, a i godine takvog života su uzimale danak te je teško disao i puno se znojio i jako brzo zamarao. Zbog svega toga je postao jako nervozan i naprasit. Nekim je jakim poklonom odobrovoljio Prekrasnu, no samo je malo kupio vreme. Nas je poslao kao privezak, plus vozač kom sam dao ime Staljin, Gruzin koji nije voleo da priča. Taj je garant dobio zadatak da pazi na naše ponašanje, konkretno na moje. No nisam bio lud i pre polaska sam preduzeo određene mere. To je uključivalo posetu određenim damama, na čemu je Bronza posebno insistirao plativši dve ture iz svog džepa.

Upali smo zajedno sa novostečenim prijateljem, upravo zaduženim za takvu vrstu zabave, to jest kontrolu „naše" Madam i druge kuće, sa odgovarajućim personalom. Te sam imao posebno zadovoljstvo da u grupi dovedenoj za naše potrebe bude i Monika, Ledena kraljica. Stegnutih usana posmatrala me vrlo prezrivo. Ne, nije me bilo briga. Pošto sam bio uporan da biram prvi, namerno sam nju odveo u susednu sobu. Iako je pretila određena opasnost da me izgrebe noktima, ipak je shvatila svoju poziciju. Prepustila se malo. Početak je bio kao da sam pijani pingvin na santi leda, pa pokušava da ne sklizne sa nje, a nastavak je bio negde između silovanja i strastvenog vođenja ljubavi. Onda je postalo takmičenje bez reči, ko će duže da izdrži. Primenjivala je sve metode, poznate ženama njene profesije dok sam se ja na početku otimao, poklapajući mozak da ne oseti svu lepotu raskošnog ženskog tela. Hteo sam da izdržim duže, da joj nešto dokažem, ne znam, ni tad nisam znao. A ni sada mi ne pada na pamet bilo kakav razlog. Eto, hteo sam... da je fasciniram?

Počeo sam sa starom tehnikom zvanom „matematika". Užasna tehnika, proverena međ generacijama muškaraca. Na primer, ide to ovako: ako je moj deda (ili bilo čiji, nije važno) eventualno ostavio 63 zlatnika, pa su 24 komada od na primer 4-5 grama, a 39 su od 6 grama, koliko je to zlata, ako je jedna unca (32 grama) oko 890 dolara? I hoće li biti dovoljno novca da se kupi, na primer, golf 3? Bre, stigao sam do unce i u znoju pao matematiku. Jebeš matematiku, ionako je nisam voleo. Unca, unca, uncaca, bubnji mi u glavi neka ciganska pesma.

Realno nisam ni imao neku šansu među njenim nogama.

Opuštenog me zbacila, znojavog, kao mazga samar i odjurila u kupatilo, a onda se pokrivena peškirom vratila i prezrivo zapalila cigaretu, kao da me nema.

Pre izlaska iz sobe, namiren, rekao sam samo dok je, prividno nezainteresovana, proveravala nokte.

— Izvini, ako možeš.

Znao sam da se nikad više nećemo videti i da taj licemer u meni nije mogao da voli devojku koja se...

Da, ja priznajem svoje slabosti i u ogledalu vidim svoje gadosti. Nije lako kad znaš da si slab. Jok. A možda je to što znaš da si slab u stvari... Skačem i pakujem se, misli su mi van kontrole. I da, ne želim da se sećam šta je bilo sa dve lude žene na tom fatalnom letovanju. Odbacujem sve crne misli, sive, sve misli slabog čoveka. Nekad tvoj sopstveni mozak radi protiv tebe, telo te sabotira i pokušava, u strahu od bola, da te stavi u status mirovanja, ležanja, bez pokreta, bez napora. Ne talasaj, ovako je odlično. Mene, izgleda, pokreće nešto životinjsko, van kontrole. Kažem, slutim da je sklupčano, sirovo i gmizavo, jaka sila nad kojom nemam moć.

***

— Ne razumem.

— Šta ne razumeš? — za tren odvoji pogled s puta i pogleda me.

— Pa, kako si uspeo sve ovo? — pokazujem rukom. — I koja je cena?

— Nešto ti fali? — upita, a lagano mu se usne stegoše.

— Ne, naprotiv, danas je sve idealno.

— Fali ti nešto — ne odustaje, odvaja ruku od volana i pokazuje nervozno rukom, nešto nervozno.

— Ma zadovoljan sam, ali imam mnogo pitanja.

— Jebote, isti si kô tvoj ćale, pitanja, pa pitanja.

Psuje stari spaček olinjale narandžaste boje, u kojem se vozi, pretpostavljam, profesor filozofije kome se jebe za sve živo, za nas koji žurimo negde. On ima sve vreme sveta. Ovog.

Ćutim, pogledom obuhvatam nepregledni niz čokota, kao vojnici, pod konac. Zemlja obrađena, ograde završene, put bez rupa, saobraćajni znaci bez tragova metaka, nema kesa po drveću i razbijenih flaša okolo. Savršeno.

Ujka i dalje nešto mrmlja kroz stisnute zube. Svađa se sa nekim. Da, kod ujke sam u Provansi. Ima svoj vinograd, relativno mali za okolne posede, kuću i vinski podrum, svoja dva konja. Jedan jak za vuču i jedan za jahanje. Mašine za obradu zemlje i za vino, mala punionica i sve ostalo, ludilo. Šta je problem? Meni đavo ne da mira, hoću da znam kako je uspeo. Koja je cena? Jer sam ga skoro golog ispratio preko noći i preko granice. Većina je SFRJ napuštala preko zapadne granice, preko Slovenije. Nešto ređe se bežalo prema Grčkoj. Jedino je ujka razvio sopstvenu metodu, na Dunav, pa sakriven u rumunskom uglju na baržama, skroz do Austrije i direktno na Mocart tortu, valcer.

Znam da mu nije bilo lako po izbegličkim centrima.

— Kad sednemo uz vino — kaže.

— Da...?

— Onda ćeš da me pitaš sve, skoro sve.

Parkiramo se na šljunku, ja se odmah pomeram ka obodu vinograda. Za neke stvari još nisam spreman. Stojim ispod drvene strehe. Gde oko dohvati, vinogradi.

Čujem ga da dolazi, zvecka čašama. Da probam njegovo vino. Vešto otvara, sipa. Gledam boju ka suncu koje polako zalazi. Crveni odsjaji igraju u čaši. Polako, mirišem i onda zadovoljno nepcima osećam. Lagano gorka nota se provlači kroz pun ukus. Nije da sam pio mnogo starih i skupih vina, ali imam taj osećaj. Genetika verovatno.

— Bravo — kažem. — Sviđa mi se.

Gleda me pažljivo. Njemu je bolje da mu kažeš ako je vino sranje nego da ga lažeš. Ima ugrađen detektor laži. Ćutimo i uživamo u dodiru vina. Gledam crnu flašu, etiketa je oivičena nizom prekinutih lanaca. Beli konj u trku, a na glavi kruna. Ime je na francuskom, lakonski prevodim kao Konj slobode. Ali ne pitam. Zapažam godinu, učinjena mi je čast.

— Kô što bi rekao moj otac, a tvoj deda — podiže lagano čašu kad je primetio da sam video godinu na etiketi. — Ako ne popijemo ti i ja, popiće neko drugi.

Smeje se posle toliko vremena.

— Da... deda — smejem se i nazdravljam u vazduh.

I dalje ne govorimo mnogo. Palimo, on oštru francusku cigaretu bez filtera, što odmah zapažam, a misao mi nehotice ode u kabinu jednog broda. Palim holandske, iz limene kutije. Mirišljav duvan, bez opore snage.

Prekida ćutanje.

— Jesi li imao mnogo problema u Mađarskoj? Na barži? — pojašnjava.

— Malo više, teški su za sporazumevanje, jezik neobičan. Ali zlato rešava sve probleme. Lep je Dunav — smejem se.

Pričam mu onda priču o Gruziji, detaljnije, sad imamo vremena.

— Stani — zaustavlja me u naletu. — Tope zlato u poluge od 100 i 200 grama?

— Aha.

— Kupuju heroin — konstatuje.

— Znam, ušli su u to.

Nastavlja kao da me nije čuo.

— Plemena ne vole papirni novac, veruju samo zlatu, a ove manje poluge su lakše za transport i nošenje. Na vreme ste izašli, ti i taj... Bronza?

— Da, Bronza — klimam glavom.

— Svi rade drogu — kaže zamišljeno. — Ovde najčešće hašiš i marihuanu, idu do Španije, kupe kilo hašiša za 1.000, prodaju u Parizu, Lionu za 10.000. Sitan rizik, jaka para. Marokanski.

— Ima li mnogo droge ovde?

— Nemaš pojma koľko, svi nešto uzimaju, raspad — maše glavom. — Svega ima, rano počinju, deca se vuku, umiru na ulici, devojke se prodaju, užas. Videćeš kad odemo do Pariza, to se izmešalo — mršti se. — Svakavih ima, crnih, žutih, meleza. Ne volim ih — iznosi čvrsto.

Ujka je uvek bio za kralja, a protiv komunista. Krajnji desničar, što bi rekli. Ali, da je postao rasista...

Čudno, ali svi plaćenici postanu krvoločni rasisti. Posle svih tih akcija po Africi, nešto im se desi.

Odmah sam zapazio stil oblačenja, frizura, košulja, rafiniranost pokreta i francuski koji priča. Mnogo je truda uložio. Od oca mu ostala ljubav prema svemu francuskom.

— Mrziš li nekoga? — upitam ga dok mi sipa vino.

— Mrzim — odgovara iskreno. Lagano pije, usredsređen na vino. Onda me oštro gleda, odvikao se od komunikacije.

— A ti, mrziš li nekoga? — upita.

— Mrzim — odgovaram iskreno.

Nije ga interesovalo koga. Svako ima svoje demone.

***

Vozimo se ulicama Pariza. Pokazuje mi grad, ali sav ogorčen počinje priču.

— Vidiš, ovaj kartie, kvart, ovde nema belaca, nema Francuza, sve je to šljam naselio. E ovde, ovde ni policija ne ulazi, kamoli drugi.

Zapažam šarenilo na ulici, vreva i glasna muzika, meša se arapska sa regeom.

Nastavlja.

— Crnci, melezi, Arapi, hodže, svakakvi — psuje ogavno.

Ujka je okoreli, mrzi sve što nije bele boje, mnogo je popizdeo.

Zavrćem rukave, vruće je, primećuje zmiju, tatu crtež.

— Bolidu. Šta ti je to trebalo?

— Što? Odlična je.

— Pa, ti si se sam obeležio, lakše da te nađu ako...

— Ko da me nađe? — pitam znatiželjno. — Naši iz Juge? — vrtim glavom. — Ko bi mene tražio?

— Lakše je — ponavlja dok se pažljivo parkira.

Vrti glavom.

— Moram s tobom iz početka.

Sležem ramenima, ima raznih parazita u Africi, uđe ti nekakav crv u glavu i jede ti mozak, sladi se delovima. Al' opak crv, razvlači te lagano pa... Ujka ima crva, mislim.

Vodi me kod prijatelja u streljanu. Svi ga sa uvažavanjem pozdravljaju, većina mi deluju kao bivši vojnici, obezbeđenje, veterani nekih ratova.

Pucamo iz parabeluma i valtera, pa mi onda pokazuje francusko oružje, revolver manurhin 73.

— Od Nemaca volim samo njihovo oružje. A od Nemica volim sve — smeje se.

Ispravlja mi par grešaka, uči me brzo pucanje. Ne daje mi da stavim antifone, slušalice, pucati u zatvorenom prostoru je muka za uši.

— Realno, samo realno — ponavlja kao papagaj.

— Realno, realno — imitiram ga. — Ej bre, uši me bole — pokazujem.

Pijemo kafu, pa čašu vina, priča na francuskom sa dvojicom istih kao on. Zevam po prostoriji. Zastave po zidovima, francuske zastave raznih dimenzija, kolekcija bajoneta, razne trouglaste oznake raznih jedinica, mnogo uramljenih slika, pola crno-bele. Delovi uniformi, amblemi, stakleni ormani u ćošku puni raznog oružja. Zapažam pištolj iz Drugog svetskog rata sa ogromnim prigušivačem, za tihu eliminaciju. Prekidaju razgovor i primećuju gde buljim, komentarišu uz smeh. Ujka mi prevodi. Kažu da se vidi iz kojih sam krajeva i čiji sam rod.

Smeju se razdragano. Izlazimo, opušteni. Parkiramo negde u predgrađu.

— Ovo ti je Šato Ruž — priča mi, pa psuje nekoga.

— Olala — zezam se. Interesantam mi je takav kao besan pas.

Bili smo u supermarketu i napunili kolica. Iz auta iznosimo sve namirnice, nosimo u stan kod jednog starijeg gospodina. Ulaz zgrade smrdi na mokraću, išarani zidovi arapskim zapisima. Prljavo. Vrata otvara sedi gospodin u kolicima, noge mu pokrivene crveno-plavim ćebetom. Oči mu sijaju, ujka ga pozdravlja sa velikim uvažavanjem.

Udobno se smeštam dok ujka prebacuje hranu iz kesa u frižider. Iz druge sobe se čuje lagana francuska šansona, neko umire zbog ljubavi, pucketa ploča. Kod nas bi mu rekli: „pa umri već jednom". Nesvesno se nasmejem, ujka i gospodin Žorž čavrljaju na francuskom. Mislim da ga neprestano pita za mene, uporno me gleda. Pitao bih ujku šta kaže, ali mi je glupo. Osećam se kao sivonja što ne znam jezik. Gospodin Žorž sipa kalvados, rakiju od jabuka.

— O, kalvados — reagujem kao dete. Zbog Remarka sam zavoleo to piće. Ujka zna za to, te objašnjava. Žorž se blago smeje i pokazuje na zid, gde je ceo zid pretovaren knjigama.

Na drugom zidu primećujem nešto drugo.

— Rekao sam mu za neke stvari... — ujka počinje.

— Stani! — prekidam ga. — Nije li ono Sveti Dimitrije? Ikona?

— Da, to jeste Sveti Dimitrije. Žorž je prešao pre četiri godine — okreće se ka Žoržu i pita ga. Žorž potvrđuje.

Ne krijem znatiželju. Žorž ubrzano priča, kao da se plaši da nema dovoljno vremena, a ujka temeljno i tečno prevodi.

— Divi se borbi koju vodimo protiv zla, i ovde će se dići probuđeni narod Francuske. Vremena je malo, treba biti spreman za tešku i dugu borbu.

— Ne razumem baš — vrtim glavom. Opasni ovi crvi, afrički.

— Objasniću ti posle — nervozno prekida ujka. — Inače, ovo je čovek kome dugujem sve. Moj francuski otac.

Izlazimo i krećemo peške kroz prljave ulice. Gleda u propale išarane fasade, deo gde nedostaje oluk ili gde je samo rupa umesto rešetki kanalizacije.

— Kakav je ovo miran kraj bio — seća se sa setom.

Oko nas prolazi masa bez žurbe, pojedini uz rege muziku se njišu u laganom ritmu, kosa vezana u pletenice sa perlama se klati amo-tamo.

— Vidiš, ovde ima malo pravih Francuza, belaca. Sve ovi.

Prilazimo autu, a na naš auto se naslonio, skoro legao ogroman crnac, među debelim usnama mulja čačkalicu. Pored njega još nekoliko, živopisno odevenih. Ovaj je, kako mi se čini visok bar dva metra, ugojen. Zapažam i dugačke zulufe. Smeje se podlo, belim zubima, banda iza njega.

Ujka je smiren, njega samo gluposti mogu da izbace iz takta. Prilazi i lepo i mirno počinje na francuskom nešto kao: „silvu ple... bla, bla, bla". Mislim da ga moli da mu se pomeri, skloni sa auta. Crnac lagano i ležerno izvlači čačkalicu i na francuskom, koliko razumem, pominje neku cifru. Ujka, koji je metar sedamdeset, sajla, što bi rekli u mom kraju, ponavlja cifru, a ogromni crnac se nasmeja samozadovoljno. Taman da potvrdi kad, iznenada, sevnu pesnica i direktno u bradu zgromi telesinu, koja se trenutno opusti i kao džak brašna, skliznu sa karoserije pored auta. Udarac beše prgav i tačan. Ujka lako preskoči masu, otkopča crnu kožnu pilotsku jaknu, sa belom vunom i visokom kragnom, na crnu majicu sa belim natpisom na francuskom. Banda od nekoliko džabalebaroša ustuknu iznenađeno, ali niko ne pokušava ništa.

— Upadaj — kaže dok otključava vrata, na oprezu, iako je blago okrenuo leđa. — Povuci malo jače, hoće nekad da blokiraju vrata.

Preskačem crnca koji leži kao ogromni balvan i pokušavam da otvorim vrata auta, a da ga ne nagazim. Leži odmah pored auta. Vučem, ujka viče iznutra: „Jače!" dok startuje motor. Odjedanput se brava oslobodi i punom snagom vratima razvaljujem glavu ovoga koji se, ošamućen, već malo podigao. Ispade kao da sam ga namerno. Razvalim ga. Dovršim ga.

— Majke im ga — gleda u retrovizor. — Da mi ne bace kamen. Vidi ovde u kaseti — pokazuje.

— Šta? — kažem. — Pištolj?

— Jok bre, kakav pištolj. Pljoska, ima rakije iz Požarevca, Gedžina, donose pratioci vagon-restorana.

Dajem mu, a on dok vozi sipa levom na čekić desne.

— Da dezinfikujem. Šta znam, da ne navučem afrički sifilis, majke mu ga mutave, ko zna gde je gmizao.

Odustajem od pokušaja da objasnim da se tako ne fasuje sifilis, ali ko sam ja da znam. Trgnem jak gutljaj Gedžine rakije. Pa otrov je kao sok od borovnice za ovo. Peče. Ma, došlo mi iznenada da budem pijanac, alkos. Briga te za sve, samo ločeš po ceo dan. Niko od tebe ništa ne očekuje, osim da crkneš kao pseto.

— Šta je bre ovo? — pokazujem pljosku.

Smeje se.

Iskoristim priliku, udarim pitanjem.

— A u kojoj si organizaciji ovde? — bre, nisam ja mutav.

Pogleda me.

— Pa, to — pojašnjavam. — Vi ste desnica, rojalisti, za kralja i otadžbinu...

— Ej, ne seri.

— ... Bela rasa, bela snaga, belo brašno... — nastavljam.

Ćuti na provokaciju.

— ... I to mislim, tako to vi... — širim ruke.

— Vidiš ovo — pokazuje dok čekamo na semaforu. Mnogo dece se igra u dvorištu, jedan vozi bicikl, ostali ga jure i gađaju nekim kartonskim kutijama, smeju se. — Ovo ovde će, ovi crni i ovi svi brzo da prime islam, ako već nisu, i da se množe, množe i onda će samo demokratski, brojem glasova da naprave svoju opštinu i lagano da uvedu svoje zakone i gle ovo — pokazuje mi. — Ovo je bila mala džamija, a gle sad.

— Meni ne smeta niko ko se Bogu moli — pokušavam.

Ožari me pogledom i napravi facu kao da je probao ukvaren jogurt. Progutao je komentar, mada mi se učinilo kao da je rekao samo za sebe: „da, da".

Predveče idemo na suprotni kraj grada, idemo metroom, brže je, gužve u saobraćaju su neverovatne. Metro je tačan u sekundu, bukvalno. Zapažam i gledam, sedišta su okrenuta jedna ka drugom, ne sva, ali omogućava da se fino posmatraju ljudi. Ko voli, naravno. Zapažam Francuskinju, oko 35 godina, a možda i više. Obučena perfektno, ne skupo već ukusno, zapažam fino uklopljenu maramu oko vrata, smaragdno zelene boje. Pažljivo priča sa ćerkom, verovatno od nekih 12-13 godina, koja, kose vezane u rep, pažljivo upija svaku reč. Liče, maminu gracioznost, odmerenost pokreta je izgleda i dete usvojilo te sedi pravo, izvanredno držanje. Prava mala dama. Prava mala dama. Ujka primećuje mamu i komentariše:

— Francuskinje su vatra u krevetu — osmeh mu na licu.

Ne čujem ih, daleko su, a i koja vajda da čujem kad ne znam jezik, ali mislim da je majka otvoreno priprema za život. Kao da nema tajni između njih. Nit nekog lažnog srama. Ako ti svoje dete ne naučiš, neko će drugi, ali ko zna kako. Jasno je. Tiho sluša pitanja devojčice, kao da su same na svetu. Zapažam detalje: vitka, bez vidljivih znakova starenja, maltene bez šminke.

— A kakve su Francuskinje, kažeš? — ne izdržim, podbadam ujku.

Osmeh mu je i setan i zadovoljan, samouveren je, obučen je shodno godinama, precizno i savršeno izabrana košulja i cipele. Pravi je.

Majka i ćerka graciozno silaze iz voza, ona odvaja pogled ka njemu, a on je isprati laganim osmehom i klimanjem glave.

Nemušti kompliment.

Žena se lagano zahvali finim osmehom, iskreno se ljupko nasmeja.

Ljudi se menjaju u vagonu, sad su preko puta nas deca od oko 16 godina. Ona verovatno meleskinja, ten bele kafe, dugih nogu u crnim čarapama i kratkim pantalonama. Ništa vulgarno, od klasičnog materijala. Dobre braon čizme uklopljene u ceo modni stil, lagano kovrdžava. Bela košulja joj ističe boju kože. Drugar iz škole pored prozora, malo punačak, u nekom strahu ili grču, obema rukama steže torbu koja mu je na kolenima. Školski drugovi? Možda, ali tamnoputa gazela, krupnih očiju, mu iz blizine nešto meko priča i uporno pokušava da mu gurne svoju desnu ruku u njegovu.

Komentarišemo, i ujki je scena privukla pažnju:

— Mali nema pojma.

Realno, malo mu i zavidimo. A on se oduzeo, ona ga supitilno zavodi, a onda mu se još bliže približi i samouverena, pokaza red belih zuba, osmeh obasja ceo vagon. Najzad, jadnik nije imao nikakve šanse, najzad se tom punačkom klincu otvori ruka, a gazela se sva zadovoljna i sa neskrivenom srećom nasloni na njega telom i svoju glavu sa sitnim kovrdžama prisloni uz njegovu. More, ko je ovde gazela a ko puma? Kakav srećković, mislim. Ove naše loviš, loviš, i na kraju opet nisi siguran šta je puklo, a gle ovde, civilizacija jebote, ribe napadaju.

— Kakav grad — kažem zadivljeno. — Ovde manekenke jure tipove. Kako to?

— Pusti, Sodoma i Gomora. Ili se drogiraju ili piju ili su... — odmahuje rukom.

Ulazimo u bistro gde ga svi oduševljeno pozdravljaju, deo su naši, a deo Francuzi. Nazdravljamo, objašnjava kratko ko sam i upoznaje sa svima. Svi su dobronamerni i opušteni, naše prepoznaješ po stisku ruke i po uobičajenoj psovki. Obraćam pažnju na lokal, slike po zidovima su valjda normalne za većinu bistroa: crno-bele slike, biciklisti na mostu, onda žena na obali, setan pogled u košmaru od kose, pa...

— Ovo si ti? — vučem ujku, pokazujem ka zidu.

— Aha — nehajno odgovara. — Francuska Indokina, ako znaš gde je.

Prepoznajem gospodina Žorža ili možda majora Žorža. Ima puno zvezdica na ramenima. A i ujka izgleda nekako spečeno i preplanulo. Žilava smo sorta. Ujka je bio po Vijetnamu i Kambodži. Da nisu azijski crvi?

Rano je jutro. Nije hladno, sneg prestao, ne duva vetar. Stojim ispod strehe. Samo sam zapalio cigaretu, samo gori u mojoj ruci. Čujem škripu snega.

— Čaj možda? — ujka poneo po šolju čaja.

— Može. Mersi.

Ćutimo.

— Moraš da se vratiš nazad — najzad kaže.

— Imaju problema? — pitam brzo. Mislim na oca i brata.

— Ne, ali se nešto drugo sprema, bolje da budeš tamo.

Sležem ramenima. Uželeo sam se kuće.

— I treba da vidiš nekog. Vreme je.

Ne gledam ga.

— Te večeri kad sam morao da bežim bila igranka u sali. Udario sam Stjepana, razbio mu vilicu, a i onog debelog masnog, i njega sam potkačio, isto iz DB-a, Martin, mamu li mu jebem — nastavlja, vrti glavom. — Vidi da je sa mnom devojka i opet provocira, gad. Dobio je šta je... A posle znaš šta je bilo, grana, barža, Dunav, pa sve ovo.

Pali cigaretu. Obično se ljudi otvore noću, u mraku iz njih iskulja sav gnoj, reči, grehovi. Ispovesti.

— Često se pitam, mnogo često, šta bi bilo sa mnom da sam uspeo da se smirim, da ne... Da ne udarim kad sam video kako je pijano vuče ka sebi.

Razumem ga. I ja sam mrzeo da mi neko odvaja devojku. Ujka je razbio dvojicu. Dvojicu pogrešnih. Dvojicu pravih.

— A posle sam saznao da je Stejepanov otac, Franjo, krvnik, bio ustaša do '43, pa se predao i prešao u partizane. Onda je poslat u Sr-biju, na kraju rata, on i njegovi, takvi, da dovedu u red... Bez razloga, bez suđenja. Ubij, streljaj, otmi — vrti glavom. — I Martinov otac, isto govno, uzimao je devojke koje je hteo, iživljavao se, pišao po ljudima, odvodio, gore na brdo, pa dole psi razvlačili, kosti glodali. Pune šume grobova i niko da to iskopa, sahrani kako valja, pred Bogom predstavi. I mi nešto hoćemo, milost neku tražimo, a naše nismo izvadili, naše u Srbiji a kamoli tamo u Jasenovcu i po jarugama i jamama u kamenu — pomera pogled, vetar, suza, jad. Kulja jad iz njega. — Kakvi smo to ljudi, neopojane grobove još i danas skrnavimo. Dušama se igramo. Svojim, tuđim — smiruje se, žar cigarete plamti, vuče plućima. — Mali sam ja izgleda, da promenim nešto tamo. Ovde je već drugo — klima glavom uvereno. — Hteo sam da znaš, tad, na igranci i posle... Već je bila moja... — uzima vazduh. — I nemaš prava da osuđuješ.

Ne osuđujem. Ali ne mogu ni da zaboravim. Iako sam bio dovoljno star... Teret je bio težak.

— Idi — pokazuje mi. — Ne vredi bežati uvek.

Ulazim u kuću. Toplo, kamin, debeo tepih, slika ikone na istočnoj strani, kroz prozor sunce udara u oči.

Zastajem.

— Sine... — čujem poznati šapat.

— Da, majko...

Voz. Jebote voz. Dobro je, protegneš noge, imaš mesta da se ispružiš, ljudi razni, svakakvi. Žene mlade, stare ugašene, vrele, svašta. Svaki čovek nosi neku priču, igrom trenutka smešteni na malom prostoru. Vagoni šuplji, plek i drvo, skriješ nešto pa se smeješ, pratiš sa strane, zadovoljno se cerekaš. Pravo ludilo.

Nasmejan sam. Ljudi su me sinoć ispratili kako valja. Glava je teška, oči još krvave, tek me dremka obori na sedište. I vodu, kao kamila da sam, pijem, nikad dosta. I ponavlja se pesma u glavi, reči su na francuskom, pevali smo je više puta, neka borbena pesma iz rata, i ja se drao, par reči. Pevušim je. Pipam u džepu, novac, hrpa. Ujka je rutinski prodao safire i par zlatnika. O, dobar je osećaj imati toliko novca. Ko kaže da ne voli tako nešto, laže. Kako bilo da bilo, prespavam deo puta. Umijem se, pa sa starim Bosancem popijemo malo njegove rakije, a onda se malo okrepimo hranom šta se zateklo kod mene i njega. Izađem u hodnik da zapalim cigaretu, smetam. Bosanac pa ne puši, gde to ima? Smeje se, jebiga. Gledam kroz prozor, promiču polja, kuće i šume. Ne znam ni gde sam, a mrzi me da pitam. Mnogo se pitanja u meni lomi, većinu guram pod tepih, svesno. Lagano uživam u duvanu. Čujem, iz dva kupea dalje, ženska graja, mladi glasovi. Pun voz naših, vraćaju se, ide praznik. Neko pušta muziku, čujem pesmu *Jesen u meni*, pevušim. Sledeća pesma, grupa Film, ovo neki Hrvati, *Srce na cesti*... E, sledeća pesma, tu se malo zbunim zbog redosleda, ali ajde, krene Kazalište: *Sla-slaži mi...* mislim šta je sad sledeće. Oliver i *Cesarica* ili tako neka bljuvuljada.

Jok, kreće Dugme *Kad zaboraviš juli*, jebem ga, ovaj Hrvat ima isti ukus kao ja. I reda pesme kao ja.

E neće moći, završava Dugme, počinje EKV i *Budi sam*. Ponesen nekom slutnjom kao u groznici krećem ka kupeu odakle se čuje muzika. Neko otvara klizna vrata kupea, maltene se sudaram sa devojkom, krenula da izađe, ona viče: „pažalstva", ali su meni oči ka devojci koja prekida muziku i vadi kasetu iz kasetofona. Sedi bočno okrenuta, kosa boje žita.

— Ova je teška — okreće kasetu. — A sad nešto... — pogled joj zastaje na meni. Ja sam zaleđen. Svi bulje u mene, pa u nju, pa opet u mene.

Najzad Led progovara.

— Hoćeš čaj ili nešto jače? — smeje se. Ali to je taj osmeh. Taj.

— Čaj, majore...

Svi me nešto čajem nude kao da sam bolestan.

***

Noge me bole. Ko je sa ženama bazao da kupi nešto, zna taj užasan osećaj gubitka vremena na banalne stvari i klimanja glavom. Bankrot se podrazumeva. Sedim na klupi u parku, a došlo mi je da izujem cipele, no me sramota. Znoj me guši, pregrejao sam. Loše podnosim vrućinu. Zimski sam čovek. Mislim, volim zimu kad sam u toplom. Dođe trenutak kad čoveku ništa ne odgovara — ili je mnogo toplo ili opet sneg, jebem ga. A ljudi kao poludeli, kupuju, gomilaju, kao da će biti rata. I biće, gde može bez rata, ali nije ni prvi ni poslednji. Nervoza se oseća, slutnja teška kao dim, guši. Najteže je vreme pred početak nekog teškog čina. Kad krene, već je lakše, vidiš sa čim trebaš da se nosiš. Ne podnosi svako neizvesnost isto. Neko namerno bira da ne zna, lakše se trpi.

Gledam ljude, nekako me teše svojim postojanjem. Hteo ne hteo, slušam babu sa unukom, iza mene su.

— Vidiš, sine, kako je pametna veverica — baba priča unuku, detetu od četiri-pet godina, ne mogu da procenim. — Ona skuplja orahe i lešnike, gle! Eno je, vidiš, vidi — pokazuje je detetu. — Oooodeeeee.

Veverica oprezno skače na drvo, pa se pomera na granu. Baba nastavlja priču dok dete uzbuđeno pljeska rukama.

— Eno, gle šta radi. Ona skuplja orahe, pa ih čuva kô zlato kad dođe zima.

Bling! Otvori mi se nešto, iz sećanja sunu talas, ukoči me saznanje. Zlato, veverica, orah.

— Veverica! — skočim.

Okrenem se, a baba sa detetom me gleda čudno, podigla guste obrve.

— Eto, i čika skače kô veverica — ali pomera dete od mene, što je sigurno, sigurno je.

— Daaaa! — viče dete i pljeska rukama.

Gledam u nebo. Deda, deda, gde si? Gledao me, gledao, pa me podsetio gde je zlato ostavio.

Dukati kao orasi, veverici na čuvanje.

Dukati kao orasi, veverici na čuvanje.

Znam, smejem se. Znam gde su.

Ma, nije zbog zlata, nego mrzim kad zaboravim nešto.

Aha.

— Nešto sam propustila — sumnjičavo me pita Valerija, vidi me razdraganog, a ostavila me smoždenog. Vuče još jednu kesu nečega.

— Lara, a šta je ovo? — pokazujem na kesu.

— Ma, sitnica — stavlja u veću kesu, pa se pomera bliže meni. — Uf, umorila sam se, prijala bi mi kafa.

— Znaš šta — smejem se. — Idemo da popijemo kafu tu na tvrđavi, pa da zapalimo sveće u crkvi, i onda te vodim da kupiš one cipele koje ti se svidele pa...

— Jao, ti si zlato — skače da me grli.

— ... Pa te vodim na ručak. Može?

Ne govori ništa, samo klima glavom.

U crkvi smo palimo sveće. Za žive. Pa za dedu i ostale. Nabrajam ih... sve ih je više.

Gledam je, svetlost sveća joj obasjava, usredsređena je u molitvi, ocrtava lepotu duše, igra blesak u njenim sivim očima.

Pogledam u plafon, nebo, oslikana freska. Ne znam kako, ali mislim da je deda nekako u ovo umešao prste.

— Hvala deda — i pokazujem na nju glavom.

Izlazimo, grlim je, pa gledamo reku.

— Da znaš, ti si moje zlato. Pedeset kila čistog.

Smeje se.

— Četrdeset osam — vrti glavom i smeje se.

A stvarno tako mislim.

***

U Srbiju ne dolazim. Ne pomišljam. Sanjam. Sanjam dedin vinograd. Brata i oca za stolom. Smejemo se. Pamtim samo dobre slike. Lepe. Ne hvata me bes često. Ubija me retko. Tad se pomeram. Dedina krv proradi u meni. Izbegnem ljude, sakrijem se, u šumu pobegnem, kao pravi pustinjak. Ne ljude, ne. Ne želim da vidim ljude.

Samo sedim i ćutim. Ne idem u Srbiju. Vibrira, daleka. Jer, što kasnije odem, oni će živeti duže. Taj što mi je brata ubio. Oca osakatio tim činom. Za dva meseca ga je, posle brata, u grob nabio. Onaj koji ga je pustio „zbog nedostatka dokaza". Pa taj koji je zaturio dokaze i pretio svedoku. I onaj koji je pomagao njih. Može li nož krv da traži? I imam li prava da se svetim? Nož vibrira u mojoj ruci ili je količina mržnje toliko jaka da osećam da izlazi u talasima. Ne idem, ćutim i čekam. Nek znaju da mogu. Znaju da znam. Ima načina da se saopšti. Nekad je čekanje jača kazna. I slutnja da ruka je podignuta. Negde mora da se povuče linija, tanka.

Negde mora da se rezne, inače gnoj unutra eksplodira.

***

... Đavo, Đavo... štipa me, bode, svaki njegov udarac prljavom šapom me peče kao ujed malog prgavog insekta znanog i kao „Suva baba".

A peče jače od pčelinjeg otrova.

Smeje mi se u lice, prljavim dahom me udara, na znoj smrdi i mokraću, štipa za oči. Iz njega izlazi u talasima smrad dugo nošene košulje. Osećam kiselinu u ustima.

Sputan sam, branio bih se, no ruke mi vezane, uneo mi se u lice kao... Bože mi oprosti, kao neželjeni ljubavnik, pa pokušava... A noge, desna, pogledam, a drži je Jozo, ćelava glava. Jedna ruka iz blata, čvrstim stiskom, divljom snagom i mržnjom koju i ne krije, slutim, izbija iz jednog oka. Deo tetovaže se vidi, umazan blatom, lice mu pokriveno flekama, crvenim pečatima. Crno more za Crnu legiju?

Da l' da mu kažem da nije živ, pomislim da se smilujem nekako, da se ne muči više i pokušava. U oku mu rep ribe, batrga se u pokušaju da uđe dublje. On se smeje, više liči na kez ajkule.

Dišem ubrzano, uvek sam takav kad sanjam gadne stvari.

— Budi se, ej, budi se. Uzmi ga malo ti. Ne mogu više.

Otvaram oči, težinu na prsima osećam. Gledaju me dečje oči i osmeh bića koje se samouvereno smeje. Možda bih približnu reč našao da opišem osmeh kao šeretski. Preterujem, jašta, pod teretom sna. Pažljivo grlim dete da ne spadne nekim pokretom sa mene. Mirno je. Trljam svoje oči desnom rukom.

Pade mi na pamet nešto.

— Odakle tebi plavozelene oči? — pitam dete sasvim ozbiljan. — Kô da nisi moj?

— Tvoj je, tvoj — kaže polušapatom ženska osoba, samo joj se nemarno kosa preko lica rasuta, vidi. Leži na kauču, levu ruku stavila na glavu, desna nemoćna na tepihu. — Isti otac — rezignirano kaže kao za sebe. — Samo ga flašica i sisa interesuju.

— Ma, bre... Ej ti... — kažem nasmejanom biću. Prati me, ne skida pogled. — Znaš li šta si ti? — pitam, kao da me razume. — Znaš? — podižem glavu, a obema rukama ga podižem u vis. Smeje se kao da razume. — Sidro. Sidro si ti — vrtim glavom.

Kunem se, sve zna. Zna šta sam mislio. Mali mudrac.

— Biće kritičar ili pesnik kad poraste — kažem Lari. Smejem se.

— Osetila sam da je dao komentar. Tvoj red da menjaš pelenu.

Emil Petrov rođen je u Dimitrovgradu, gde i danas živi i radi. Objavio je zbirke pesama *Izgubljena ostrva* (1996), *U izgubljenom gradu* (2000), *Let kroz sumrak* (2003), *Potonuli brodovi* (2007) i *Glina prašina i malo sećanja* (2013), kao i roman *Crna šuma* (2009).

Emil Petrov
REZ

London, 2024

Izdavač
Globland Books
27 Old Gloucester Street
London, WC1N 3AX
United Kingdom
www.globlandbooks.com
info@globlandbooks.com

Naslovna fotografija
John Robert Marasigan
(https://unsplash.com/photos/
low-angle-photography-of-two-people-
walked-in-glass-flooring-Lxz__X7NAbA)